KB105619

번역에서 번역학으로

이 향

번역에서 번역학으로

이 향

철학과현실사

머리말

번역을 넘어서 번역학으로

필자의 지난 몇 년간의 작업들을 조촐하게라도 정리하는 기회를 가지고 싶다는 마음에서 만만하게 생각하고 시작한 작업이었다. 그런데 시간이 갈수록 자신의 글을 새로운 눈으로 읽는 낯설고도 흥미로운 체험에 빠져들게 되었다. 이 책이 만들어지는 내내 나를 잡아끌었던 것은 서로 다른 텍스트들 사이에 존재하는, 나 자신도 미처 의식하지 못했던 숨은 질서가 발견되는 과정이었다. 결국에는 필자가 번역학 공부를 시작한 이래 내내 부여잡고 있었던 주제 하나가 선명하게 떠올랐다. 이 주제는 처음에는 희미하게만 존재하다가 최근에 이르러 구체화된 하나의 확신, 즉 바야흐로 우리의 번역 담론이 번역을 넘어서서 번역학으로 가야 한다는 확신을 토대로 한다.

15년 동안 통역과 번역 실무에 종사해 오면서, 그리고 10년 전부터 모교인 외대 통번역대학원에서 통역과 번역을 가르치고, 또 6년 전부터는 번역학 연구에 본격적으로 관심을 가지기 시작한 번역학 연구자로서의 필자의 고민은, 번역에 대한 담론은 넘쳐나는데 번역학에 대한 담론은 지극히 빈곤한 우리 학계에 대한 문제의식에서 출발한다.

사실 번역학계로 한정하지 않더라도 우리 사회 전반에서 언제부터인가 '번역'이 늘상 화두였다. 굳이 최근 한미 FTA 협정문의 오역 문제나 신경숙 작가의 『엄마를 부탁해』의 미국 시장에서의 성공 등을 거론하지 않더라도, 대형 서점 베스트셀러 목록의 절반 이상이 번역서인 우리나라에서 번역은 늘 중요한 문제였다. 문제는 '번역학'이라는 이론 담론의 공간에서조차 종종 우리의 논의가 개별 번역에 대한 체험담이나 오역 사례, 대조 분석 등 실제 번역물을 분석하고 오역을 끄집어내는 일에만 주력해 왔다는 것이다. 이는 국내의 주요 번역학 전문 학술지에 지난 10여 년간 실린 논문의 제목들만 일별해 보아도 쉽게 확인할 수 있는 일이다. 필자는 이러한 연구들의 가치를 폄하할 의도는 추호도 없다. 다만, 오랫동안 우리의 화두는 '번역' 그 자체였고, 번역에 대한 우리의 관심이 '번역학'이라는 학문에 대한 진지한 고민으로 이어지지는 못했음을 지적하고 싶을 뿐이다.

결과적으로 대략 30여 년의 역사를 가진 번역학은 타 학문의 하위학문이 아닌 독립학문을 표방하면서도 그 나름의 독자적 방법론이나 반성 체계를 갖추지는 못한, 속된 말로 상당히 '어정쩡한' 상황에 처해 있다. '번역'이라는 제목을 단 수많은 연구들이 양산되고 있으나, 이 모든 연구들이 번역학이라는 우산 아래 조화롭게 어우러지고 있다기보다는 개별 연구자들의 경험과 방법론과 데이터와 관점들이 병렬적으로 나열되고 있다는 느낌을 지울 수 없다. 번역학 내부는 번역에 대한 논의로 넘쳐나지만 번역학이 어디로 가야 할지, 번역학이라는 학문이 어떤 학문인지에 대한 반성과 고민은 부족했다는 것이다. 그 결과 번역학은 그 안에서 수많은 연구들이 생산되고, 번역학 박사과정이 개설되고 번역학 전문 학술지에 매년 수백 편의 논문이 발표됨에도 불구하고, 여전히 독자적 학문임을 '증명'해야 하는 상황을 면치 못하고 있다.

이제 번역을 넘어서 번역학으로 나아가려면 우리에게는 두 가지 작업이 필요하다. 하나는 '번역학'이라는 학문을 대상으로 한 메타적, 인식론적, 반성적 작업이며, 다른 하나는 현재까지 번역학 내부에서 개진되어 온 이론들에 대한 비판적 고찰이다. 그리고 이것이 바로 이 책이 제1부 '번역학을 이야기하자'와 제2부 '기존 이론에 대한 비판적 고찰'로 구성된 이유이다.

이 책의 제1부는 번역학을 대상으로 하는 담론을 주 내용으로 한다.

제1장에서는 번역학이라는 학문에 대한 포괄적 고찰을 시도한다. 좀 더 구체적으로는 독립된 학문으로서의 번역학의 정의, 범위, 연구 방법, 번역학의 궁극적 지향 등에 관해 고찰

하며 현재 번역학이 간과하고 있는 것들이 무엇인지를 개략적으로 반성해 본다.

제2장에서는 국내 번역학의 전반적 연구 경향을 파악하고 분류하기 위한 예비 작업으로, 번역학 연구물들을 선별하여 특정 기준으로 분류해 보고, 분류 과정에서 드러난 문제점들을 고찰해 본다.

제2부의 목표는 기존 번역학 이론에 대한 비판적 고찰을 시도하는 것이다. 여기서는 스넬 혼비의 '통합적 접근' 개념, 해석 이론, 스코포스 이론 등 번역학 발전사에서 핵심적 역할을 한 이론들의 의의를 짚어 보고, 그 한계를 생각해 보는 비판적 고찰을 주 내용으로 한다.

물론 이상에서 언급된 주제들은 지면과 능력의 한계상 지극히 개략적으로 다루어졌을 뿐, 그 어떤 것도 온전하고 충분한 방식으로 논의되지는 못하였다.

우리는 이제 번역을 넘어서 번역학으로 가야 한다.

이것은 번역 자체에 대한 성찰을 그만두자는 의미도, 경험적 데이터의 누적을 중지하자는 의미도 아니다. 번역이라는 구체적 행위에 대한 실무적, 경험적 고찰과 병행하여 번역학이라는 학문의 현재와 미래에 대한 고민이 필요하다는 것이다.

그러한 고민을 촉발시키는 데 미미하게나마 기여하고 싶은 마음으로 부끄러움을 무릅쓰고 이 책을 독자들에게 선보인다.

아울러 흔쾌히 이 책의 출판을 수락해 주신 철학과현실사에 깊은 감사의 마음을 전한다.

이 향

차 례

제4장 해석 이론의 특징과 한계 ··· 93

제5장 스코포스 이론과 해석 이론: 공통점과 차이점에 대한 고찰 ··· 117

제1부

번역학을 이야기하자

제1장
번역학과 메타담론

1. 들어가는 말

번역학이 언어학이나 문학, 혹은 기타 학문 분야의 하위학문이 아닌 하나의 독립학문을 표방한 시점으로부터 대략 30여 년이 지났다. 그동안 번역물이나 번역 행위, 혹은 번역을 수행하는 주체인 번역사를 주제로 다양한 논의들이 번역학 내부에서 개진되어 왔다. 이러한 담론에 참여한 주체들 역시 그만큼 다양하여서, 번역학의 테두리 안에서 문학, 언어학, 철학, 인지과학 등 다양한 학문 지평으로부터의 관점, 해석, 접근이 만났으며, 이러한 만남은 소위 '학제적' 학문으로서의 번역학의 성장에 기여하였다.

그런데 이러한 '양적' 팽창의 과정에서, 어떤 의미에서는 가장 본질적인 담론이 누락되었다. 그것은 바로 번역학이라는 학문 그 자체를 대상으로 하는 담론, 다시 말해 번역학에 대한 메타담론이다. 번역학 내부에서 대량으로 누적되고 있는 경험적 데이터들은 대체로 번역학 자체에 대한 명확한 정의와 자기반성을 생략한 채로 이루어지고 있다. 그럴 수밖에 없는 것이, 현재의 번역학 연구는 그야말로 무한히 다양한 관점들이 공존하는 가운데 지극히 혼질적인 양상으로 전개되고 있으며, 따라서 번역학이 무엇인지를 정의하는 것이 거의 불가능해 보인다.

이 책은 번역학이라는 학문 자체를 대상으로 하는 담론의 필요성에 대한 인식에서 출발하여, 그러한 메타담론 활성화의 계기를 마련하는 것을 목적으로 한다. 이 장에서는 우선 번역학에 대한 메타담론의 범주를 규정하고 그 필요성을 짚어 본 후, 기존의 주요 메타담론들을 개괄적으로 검토하고자 한다. 그리고 최종적으로는 향후 개진 가능한 메타담론의 방향을 제안하는 것으로 마무리하고자 한다.

2. 메타담론의 정의

일반적으로 '메타(meta)'적 성격의 담론이라 함은 담론에 대한 담론을 의미하는 것으로, 예를 들어 언어를 설명하기 위한 언어를 메타언어로, 비평에 대한 비평을 메타비평으로 칭한다. 그렇다면 번역학에서 '메타담론'은 무엇인가?

강비에와 도어슬러[1]는 번역학에서 메타언어를 주제로 하는 논문들을 모아 출간하면서 이 책의 서두를 홈즈를 인용하면서 시작한다. 이들이 인용한 홈즈의 논문은 「번역학의 명칭과 성격」[2]이라는 제목의 잘 알려진 글로, 홈즈가 1972년 코펜하겐에서 열린 제3차 응용언어학회에서 처음 발표한 논문이다. 논문의 제목이 암시하는 대로, 이 논문에서 홈즈는 과거 다양한 명칭으로 불려 오던 번역 연구들을 'Translation Studies'라는 이름으로 부를 것을 제안하고 그 하위 분야들을 구획, 정리해내고 있다. 그런데 강비에와 도어슬러는 홈즈가 그의 기념비적 논문을 "메타담론을 시작하자"[3]는 문장으로 끝맺고 있음에 주목하며, 그로부터 35년[4]이 흐른 지금 과연 번역학에서의 메타담론이 어디까지 와 있는가라는 의미심장한 질문을 던진다.

그런데 강비에와 도어슬러의 서문을 읽으며 독자들은 예상

---

1) Gambier & Doorslaer(eds.), *The Metalanguage of Translation*, 2007, p.1.

2) Holmes, "The Name and Nature of Translation Studies", in *Translated!: Papers on Literary Translation and Translation Studies*, 1988, pp.66-80.

3) 원문은 "Let the meta-discussion begin"이다. 여기서 'meta-discussion'은 한국어로 '메타적 담론', '메타적 논의' 등 다양한 방식으로 옮길 수 있겠으나 이 글에서는 '메타담론'으로 옮기기로 한다.

4) 강비에와 도어슬러가 홈즈의 논문으로부터 35년이라고 말한 것은 홈즈의 1972년 응용언어학회 발표문을 기준으로 한 것이다. 이 글에서는 홈즈가 해당 발표문을 수정하여 1988년 자신의 저서 *Translated!: Papers on Literary Translation and Translation Studies* 에 실은 것을 참고하였다.

치 못한 혼란에 빠지게 된다. 그 이유는 저자들이 시종일관 메타담론(Metadiscussion), 메타담화(Metadiscourse), 메타언어(Metalanguage)[5] 등의 개념을 명확한 구분 없이 동의어처럼 혼용하고 있기 때문이다. 저자들은 “번역학자들은 메타언어를 사용하고 생산해 낸다”고 말하는가 하면, “메타담론이야말로 가장 복잡하고 다루기 어려운 주제”라고 설명하기도 한다.[6] 빈도수를 비교해 보면, 서문의 초반부와 마지막 부분에 홈즈를 인용하는 부분에서 사용된 ‘메타담론’ 이외에, 대부분의 경우에는 ‘메타언어’라는 말이 사용되며, 간헐적으로 ‘메타담화’라는 말이 등장하기도 한다. 저자들이 동의어처럼 사용하고 있는 메타언어, 메타담론, 메타담화는 과연 동일한 개념들인가?

일반적으로 ‘메타언어’란 위에서 설명한 것처럼 구체적 대상을 지시하는 ‘대상언어’와 대비되는 개념으로, 대상을 서술하는 언어 자체를 기술하기 위한 언어이다. 번역학에 적용해 본다면, 번역학에서의 메타언어 연구란 번역 자체가 아닌, 번역을 기술하기 위한 개념, 은유 등을 대상으로 하는 연구로 정의될 수 있겠다. 서론을 제외하고 총 11명의 저자들의 연구들이 소개되어 있는 이 책에 실린 논문들의 제목을 일별해 보면, 저자들도 ‘메타언어’를 이러한 방식으로 이해하였음을 확인할

5) 이 글에서 ‘metalanguage’는 ‘메타언어’로, ‘metadiscourse’는 ‘메타담화’로 옮기기로 한다.

6) Gambier & Doorslaer(eds.), 앞의 책, p.4.

수 있다. 예를 들어 번역학 내부에서 저자에 따라 전략(strategy), 기술(technique), 절차(procedure), 전이(shift) 등의 용어들이 명확한 합의 없이 사용되고 있음을 지적하는 논문, 그리고 새로운 개념어의 도입 문제나 번역 이론에서의 등가(equivalence) 개념의 정의 문제 등[7]을 다루고 있는 논문 등으로 구성된 이 책에서, 메타언어는 분명 번역학 내부에서 사용되는 개념어들을 지칭하고 있으며, 결국 메타언어의 문제란 용어(terminology)의 문제와 크게 다르지 않아 보인다.[8]

여기서 우리는 하나의 물음에 봉착하게 된다. 홈즈가 자신의 논문 끝부분에서 언급한 '메타담론'을 이러한 번역학 내부에서의 메타언어적(혹은 용어적) 문제로 해석하는 이들의 입장이 타당한가? 다시 말해 이들이 인용한 홈즈의 마지막 문장은 과연 이러한 용어적 작업을 서두르자는 의미로 읽을 수 있는가?

---

7) 같은 책, 순서대로 pp.65-79, pp.123-124, pp.81-104를 참고한다.

8) 실제로 이 논문집에 참여한 저자들 중 조셉 마르코(Josep Marco)나 이브 강비에 등은 논문 제목에서 이미 'Terminology'라는 말을 사용하고 있다. 그렇다면 'Terminology'와 'Metalanguage'는 과연 어떻게 다른 것인가? 여기서 우리는 또 다른 용어적(혹은 메타언어적) 문제에 봉착하게 된다. 필자의 판단으로는 모든 'Terminology'가 메타언어적 속성을 띠는 것은 아니다. 왜냐하면 용어에 대한 문제 제기가 반드시 메타적 방식으로 이루어지지는 않기 때문이다. 반면 메타언어의 문제는 기존의 자연언어나 학술언어 자체에 대한 반성적 작용의 결과이기 때문에 어느 정도 새로운 용어 사용이나 개념 사용의 문제를 제기하게 되는 면이 있다.

이 질문에 답하기 위해 우리는 홈즈의 문제의 논문으로 되돌아가 보고자 한다. 홈즈는 번역학의 다양한 영역들을 구획, 망라한 후, 논문의 마지막 부분에 이르러 자신의 번역학 지도(Map)가 누락시킨 영역들이 존재함을 아래와 같이 고백한다.

> … there are two further dimensions that I have not mentioned, dimensions having to do with the study, not of translating and translations, but of translation studies itself. One of these dimensions is historical …. Likewise, there is a dimension that might be called the methodological or meta-theoretical, concerning itself with problems of what methods and models can best be used in research in the various branches of discipline … but also devoting its attention to such basic issues as what the discipline itself comprises.
>
> … 내가 여기서 인용하지 않은 두 가지 차원이 더 있으니, 그것은 번역하기나 번역물에 대한 연구가 아닌, 번역 연구 자체, 번역학 자체를 대상으로 하는 것이다. 이러한 차원 중 하나는 역사적 차원이다. … 또한 방법론적, 메타이론적 차원이 있는데, 이는 번역학의 다양한 연구 분야에서 어떤 방법이나 모델이 사용되어야 하는가의 문제에 관한 것이며 … 그뿐만 아니라 번역학이 어떤 것들을 포괄하느냐 등의 근본적 문제들에 관심을 두는 차원이다.[9]

위의 글에서 홈즈는 자신이 누락시킨 영역으로 역사적 차

9) Homes, 앞의 글, p.79.

원, 방법론적 차원, 메타이론적 차원 등을 언급한다. 결론적으로 홈즈는 번역물이나 번역 행위가 아닌 번역학 자체를 대상으로 하는 담론들을 '메타담론'으로 규정하고 있는 것이다. 홈즈의 설명을 토대로 메타담론에 속하는 연구 영역들을 정리해보면 다음과 같다.

- 번역의 역사(historical) : 번역물 기술(description)의 역사, 번역 교육의 역사, 번역사 양성의 역사 등.
- 번역 방법론(methodological) : 어떤 방법론이나 모델을 사용하는 것이 적절한가?
- 메타이론(meta-theoretical) : 번역학의 영역을 어떻게 규정할 것인가?

홈즈에게 메타담론이란 결국 번역의 역사, 방법론, 그리고 메타이론을 포괄하는 의미이다. 번역의 역사를 제외한 번역 방법론과 메타이론을 번역학에서 참된 지식이나 앎의 성격, 근거 또는 그 획득 방법 등에 관한 논의로 이해한다면, 우리는 이를 번역학에 대한 인식론적 논의, 혹은 번역 인식론으로 규정할 수 있을 것이다. 따라서 홈즈의 메타담론은 크게 두 가지 축, 역사적 담론과 인식론적 담론으로 구성된다고 볼 수도 있다.

어떤 의미에서 홈즈는 그러한 메타담론의 첫 단추를 끼운 셈이 된다. 홈즈는 현재까지 번역에 대한 연구들을 지칭하기 위해 제안된 다양한 명칭들(translatology, translatics, theory of translating, science of translation)을 검토한 후, 번역학(Translation Studies)이라는 명칭을 제안한다.[10] 또한 번역학의 목표를 "번역 및 번역하기 현상을 기술"하고 이로부터 "번역 현상을 설명, 예측하기 위한 일반 원칙을 도출"하는 것으로 규정하고 이에 의거하여 번역학의 연구 영역을 기술 번역학(Descriptive Translation Studies)과 이론 번역학(Theoretical Translation Studies)으로 나눈다. 번역학에서의 '앎'의 대상을 인식론적 차원에서 기술한 홈즈의 논문은 홈즈 스스로 제시한 메타담론의 정의에 놀라울 정도로 들어맞는다. 홈즈의 번역학 지도의 한계가 끝없이 지적됨[11]에도 불구하고 35년이 지난 오늘날까지도 꾸준히 인용되고 있는 이유는, 번역에 대한 담론은 넘쳐나는데 번역학에 대한 담론은 빈곤한 번역학계에, '메타담론'이라는 화두를 최초로 던진 논문이기 때문일 것이다.

이러한 맥락에서 볼 때, 홈즈의 메타담론을 '메타언어' 혹은

10) 같은 글, p.69.

11) 헤르만즈는 오늘날의 번역학이 홈즈의 예상보다 훨씬 다양하고 가변적(more varied and volatile)인 모습으로 발전하였다고 설명한다(Hermans(ed.), *Crosscultural Transgressions: Research Models in Translation Studies II: Historical and Ideological Issues*, 2002, p.1). 한편 핌은 번역학 지도(Map) 자체가 우리로 하여금 현상을 특정 방향으로만 바라보게 하는 일종의 권력의 도구가 될 수 있음을 경고한다(Pym, *Method in Translation History*, 1998, p.30).

'전문용어'의 의미로 해석한 강비에와 도어슬러는 홈즈를 오독하였거나 적어도 지나치게 협의로 해석한 것이 된다. 번역학 내부에서의 메타언어 및 개념어의 문제가 번역학에 대한 메타담론의 영역과 중첩될 여지는 없지 않다. 예를 들어 등가(equivalence)를 어떻게 정의하느냐의 문제는 번역을 어떻게 정의하느냐의 문제, 더 넓게는 번역학의 성격을 어떻게 규정할 것이냐의 문제와 무관할 수 없을 것이다. 그러나 홈즈가 이러한 메타언어적, 용어적 차원보다 인식론적, 방법론적 차원에 무게를 두고 있음은 명백해 보인다.

3. 메타담론의 필요성

그런데 홈즈는 자신의 논문을 "메타담론을 시작하자"는 말로 끝맺으면서도 그러한 메타담론이 왜 필요한지에 대해서는 의아할 정도로 말을 아낀다. 메타담론이 필요한 이유는 무엇인가? 다시 말해 번역학이라는 학문에 대한 인식론적, 역사적 성찰이 필요한 이유는 무엇인가?

이 질문에 답하는 방식은 다양하겠으나, 우리는 학제적 학문으로서의 번역학에 대한 고찰을 통하여 메타담론의 필요성을 설명해 보고자 한다.

초기의 번역학이 온전한 독립 학문분과로 인정받는 것을 주요 목표로 삼았다면, 오늘날의 번역학은 그 스스로를 '학제적 학문(interdiscipline)'으로 규정하고 타 학문과의 효율적인 협

력을 통한 성장을 꾀하고 있는 것으로 보인다.[12)]

그런데 우리가 번역학을 학제적 학문이라고 말하는 것은 구체적으로 어떤 의미인가? 사실 '학제적 학문', 혹은 '학제성(interdisciplinarity)'이라는 개념 자체도 상당히 다의적이고 모호하다. 학제성은 때로 번역, 혹은 번역 행위가 하나의 학문적 테두리 내에서 설명되지 않는 복합적 특성을 가지고 있음으로 인하여, 번역에 대한 성찰이 필연적으로 가지게 되는 특질을 지칭하기도 한다. 그러나 어떤 저자들은 신생학문인 번역학이 신속히 하나의 독립 학문분과로 자리매김하기 위하여 가져야 할 일종의 태도, 다시 말해 타 학문(혹은 인접 학문)에 대한 수용적, 개방적 자세를 의미하는 말로 '학제성'이라는 말을 사용하기도 한다. 또 어떤 경우에는 다양한 학문적 지평으로부터 번역학이라는 공간 안으로 모여든 연구 주체들 간의 혼질적이고 복합적인 논의들을 정당화하기 위한 방편으로 '학제성'이라는 말이 사용되기도 한다.

카인들(Kaindl)[13)]이 제시한 학제적 학문의 3단계 발전론은 우리로 하여금 현재의 번역학이 학제적 학문으로서 어느 정도 성숙되었는지를 판단하는 데 유용한 근거를 제시해 준다. 카인들은 학문간 협력의 종류에 따라 그 발전단계를 아래의 3단계로 구분한다.

---

12) 학제성과 관련된 좀 더 자세한 논의는 제3장을 참고한다.

13) 이 부분은 스넬 혼비가 인용한 것을 재인용한 것이다. (참고. Snell-Hornby, *The Turns of Translation Studies*, 2006, p.72.)

제1단계는 제국주의적 성격의 학제적 협력(imperialistic interdisciplinarity)이다. 여기서 '제국주의적'이란 표현은 은유적으로 쓰인 것으로 특정 학문이 그 개념이나 이론, 혹은 방법론을 타 학문에 그대로 강제하는 단계를 의미한다. 1960-70년대 언어학 이론들이 여과 없이 번역에 적용되었던 상황이 이러한 단계에 해당된다.

제2단계는 해당 학문이 자체적 툴(tool)과 방법론이 부족한 상태에서 타 학문으로부터 이를 수입(importing)해 오는 형태로 이루어지는 학제적 협력이다. 이러한 경우 한 학문이 번역학에 단순히 툴과 방법론을 제공하는 역할에 머무르게 되므로 상호적 이익이 되는 협력으로 보기는 어렵다.

제3단계는 협력의 최고 지점인 상호적(reciprocal) 단계로, 둘 혹은 그 이상의 학문이 동등한 지위에서 협력하며 공동으로 방법론과 개념들을 개발함으로써 상호 이익을 도모하는 단계이다. 카인들은 번역학이 진정으로 학제적 학문으로 인정받기 위해서는 단순히 타 학문으로부터 개념과 방법론을 차용해 오는 단계를 넘어서서 '상호적'인 협력이 가능한 단계로 나아가야 한다고 주장한다.

이상의 설명에서 카인들은 막연히 학제적 협력의 필요성에 대해 역설할 것이 아니라, 현재 번역학 내부에서의 학제적 논의가 어느 단계까지 와 있는지의 문제, 다시 말해 학제적 협력의 질적 문제(quality)에 대해 성찰해 볼 것을 촉구하고 있다. 카인들은 현재의 번역학이 3단계의 발전과정 중 2단계, 즉 타 학문으로부터 다양한 툴(tool)들을 수입해 오는 단계에 이르렀다고 진단한다. 물론 그의 주장은 구체적 데이터를 통해 측정할 수도, 검증할 수도 없는 성격의 것이다. 그러나 단순 지표들을 중심으로 일차적으로 판단할 때, 국내외적으로 번역학 박사과정이 개설되고, 통번역학 전문 학술지들이 발행되고 있는 현재의 상황은 분명 번역학이 언어학의 개념적 도구들을 무비판적으로 수용하던 1단계에서 벗어난 것으로 판단하는 데 큰 무리가 없어 보인다. 오늘날의 번역학이 타 학문과 동등한 지위에서 협력하는 3단계에 이른 것으로 보기는 어려우므로 결론적으로 번역학은 이미 학제적 협력의 2단계로 진입했거나, 혹은 그러한 진입의 과정에 있다고 평가해도 무방할 것이다.

그렇다면 여기서 우리가 던져야 할 질문은 명백하다. 번역학이 학제적 협력의 최고 지점인 3단계로 이행하기 위해서 필요한 것은 무엇인가? 다시 말해 타 학문과 대등한 지위에서 상호 이익이 되는 방식의 협력을 수행하기 위해 현재의 번역학에 필요한 것은 무엇인가?

우리는 홈즈가 그 필요성을 제기한 '메타담론'이야말로 이러한 이행을 가능케 할 열쇠라고 믿는다. 다시 메타담론에 대한 논의로 돌아가 보자. 학제성과 메타담론은 어떻게 연결되는가? 번역학이라는 학문 자체를 대상으로 하는 메타담론은 번역학이 학제적 학문으로 성장하는 것과 어떤 관계가 있는가?

오늘날의 번역학 연구는 '혼질성(混質性)'을 특징으로 한다고 할 수 있을 정도로 지극히 복잡다단한 방식으로 전개되고 있다. 이러한 혼질성이 그 자체로 부정적인 것은 아니다. 다양한 지평과 방법론이 공존하였기에, 다양한 데이터들이 번역학 내부에 축적될 수 있었으며, 그러한 복잡다단함 속에서 번역학은 꾸준히 성장해 왔다. 그러나 번역학이 학제적 학문이고자 할 때 문제는 달라진다. 번역학이라는 학문이 무엇을 탐구 대상으로 해야 하고, 어떤 방법론이 채택되어야 하는가에 대한 학문 내적 차원에서의 메타담론 없이, 타 학문과 동등한 위치에서 협력, 공조하는 것은 근본적으로 어려울 것이기 때문이다. 번역학 내부의 혼질성을 넘어서서, 번역학이라는 하나의 학문분과 안에 모여 있는 다양한 성찰들 간의 공통분모는 무엇인지, 그리고 개별 연구들이 효율적인 방법으로 수행되고 있는지에 대한 반성 없이 학문 대 학문으로 타 학문과 소통하는 일은 요원할 것이다. 물론 번역학에서의 메타담론이 반드시 학제성을 염두에 두고 학제성을 제고하는 방향으로 이루어질 필요는 없으며, 또 학제성의 제고가 메타담론의 유일한 목적이 되어야 한다는 의미는 아니다. 그러나 번역학이 성숙한 (학제적) 학문으로서의 성장하는 데, 메타담론이 의미 있는 계기를 마련할 수 있음은 분명하다.

4. 국내 번역 담론에서 간과된 분야들

우리는 앞서 메타담론이 어떻게 정의되며, 왜 필요한지를 살펴보았다. 그렇다면 현재의 번역학에는 구체적으로 어떤 종류의 메타담론이 필요한가? 이 질문에 답하기 위해서는 우선 현재까지 번역학 내부에서 개진되어 온 기존의 메타담론들을 개괄하고 그 속에 결여되어 있는 것이 무엇인지를 살펴보는 작업이 필요하겠다.

국내의 번역 담론은 현재까지 주로 특정한 텍스트 유형을 번역하는 과정에서 야기되는 문제(예를 들면 시 번역, 문학 번역, 영화 번역 등), 혹은 번역 전략에 대한 고찰, 오역 분석 등 구체적, 경험적 연구들에 집중하여 온 것이 사실이다. 반면, 번역의 역사, 번역학의 정의, 혹은 연구방법론 등 메타담론적 성격의 연구물은 지난 10여 년을 통틀어 고작 몇 편의 논문들이 발표되었을 뿐, 진정한 메타담론이 개진되었다고 보기에는 어려운 면이 있다.[14] 이렇듯 구체적 번역 행위나 번역물을 대

14) 이는 국내 주요 번역학 전문지들에 발표되는 논문들의 제목을 일별해 보면 쉽게 알 수 있다. 국내에서 가장 오래된 번역학 전문 학술지인 『번역학 연구』에 2000년부터 2011년까지 발표된 논문 총 320여 편 중 소위 번역학을 대상으로 하는 메타담론의 성격을 가진 논문은 10편 미만이다. 메타담론에 속하는 논문들 중 몇 가지를 언급하자면, 「번역 연구의 발전과 번역학의 현황」, 2000. 1(1); 「번역학의 인식론적, 언어학적 정초」, 2000. 1(1); 「번역학의 어제와 오늘」, 2004. 5(1); 「한국 번역학 연구의 현황과 전망」, 2005. 6(2) 등이다.

상으로 한 연구들이 그 자체로 번역학의 발전에 기여하였고, 더 구체적으로는 번역 실무와 번역 이론 간의 간극을 줄이는 데 큰 역할을 했음을 부정할 수는 없다.

그러나 번역학이 '학제적 협력'을 말하고, 타 학문과 동등한 지위에서 상호적 협력의 단계로 이행하고자 한다면 문제는 달라진다. 분명, 현재의 번역 담론은 학문으로서의 번역학에 대한 진지한 성찰의 일부를 누락시키고 있으며, 이러한 불균형은 학제적 협력, 혹은 번역학의 학제성에 대한 모든 논의들을 자칫 공허한 구호로 끝나게 만들 수도 있기 때문이다.

그렇다면 해외의 번역학계는 어떠하였는가? 서구의 번역 담론들을 개괄해 보면 메타담론이 전혀 없었던 것은 아니다. 여기서는 그 중 대표적 논의 몇 가지를 소개하는 것으로 만족하고자 한다.

번역학을 대상으로 한 인식론적, 메타적 담론의 대표적인 예로 1970년대 이후 조작학파(manipulation school), 텔아비브 학파(Tel Aviv axis) 등 다양한 이름으로 불려 온 기술 번역학(Descriptive Translation Studies) 진영을 들 수 있다. 번역학이 처방(prescription)에서 벗어나 기술(description)로 패러다임을 전환하는 데 주도적 역할을 한 기술 번역학의 출발점은 번역학이 무엇을 지향하여야 하는가에 대한 고민이었다.

> … what constitutes the subject matter of a proper discipline of Translation Studies is (observable or reconstructable) facts

of real life rather than merely speculative entities resulting from preconceived hypotheses and theoretical models.

… 번역학의 고유한 주제가 되는 것은 미리 만들어진 가설이나 이론적 모델에서 도출된 사변적 관념들이 아닌, (관찰 가능하고 재구성 가능한) 실제 삶의 사실들이다.[15]

기술 번역학을 주도해 온 투리가 이처럼 번역학이라는 학문의 대상은 관찰 가능한 대상들이며 따라서 번역학은 경험과학일 수밖에 없다고 주장할 때, 이는 번역학에서의 앎이 현상의 기술을 토대로 한 추론이어야 한다는, 인식론적 성격의 메타담론이라고 볼 수 있다.

메타담론의 또 다른 예로, 번역학 전문 저널 *Target* 의 지면을 통해 소개된 체스터만과 아로요의 공동 기고문을 빼놓을 수 없다.[16] 경험과학으로서의 번역학을 지향하는 대표적 학자인 체스터만과, 포스트모던/해석학적 접근을 대표하는 아로요가 번역학을 바라보는 두 가지 입장 사이의 공통분모(shared ground)를 찾는 것을 목표로 하여 공동으로 작성한 이 논문이 발표된 후, 수많은 학자들이 이들의 메타담론에 대한 반박이나 지지를 표명함으로써 번역학을 대상으로 한 메타담론의 계기를 만들었다.[17] 문학 번역, 실용 번역, 통역 등의 영역으로

---

15) Toury, *Descriptive Translation Studies and Beyond*, 1995, p.1.

16) Chesterman & Arrojo, "Shared Ground in Translation Studies", *Target* 12(1), 2000, pp.151-160.

17) 최초 두 저자의 공동 논문이 *Target* 12(1)호에 게재된 이후, 12(2),

파편화되어 있을 뿐 아니라, 또 그 안에서 다시 언어별, 지역별, 주제별로 세분화되어 있는 번역학계에서 이러한 만남(혹은 충돌)은 그 자체만으로도 이례적인 것이었고, 이러한 만남에 대한 학계의 뜨거운 반응은 어찌 보면 메타담론에 대한 학계의 갈증을 드러낸 것이라고 볼 수 있다. 위의 논문에서 체스터만과 아로요는 번역학의 주요 목적이 '번역 현상을 이해'하고, 어떤 종류의 텍스트들이 '번역'으로 규정되며 그 이유는 무엇인지 등을 탐구하는 것이라는 점에 합의한다. 물론 핌이 지적하듯, 구체적 사안으로 들어가면 경험적 연구를 지향하는 체스터만과 해석학적 입장을 견지하는 아로요 사이의 입장 간의 거리는 결국 좁혀지지 않으나,[18] 이들의 공동 기고문은 번역학이 어떤 학문이어야 하는가에 대한 다양한 입장들이 수면위로 떠오르는 계기를 제공했다는 점에서 의의를 찾을 수 있다.

그런데 이상과 같이 서구 학자들을 중심으로 진행되어 온 대표적 메타담론을 살피다 보면, 우리는 홈즈에서 출발하여, 투리, 체스터만에 이르는 하나의 계보를 발견하게 된다. 이들을 하나로 엮는 것은 번역학이 방법론의 차원에서나 그 인식

13(1), 13(2)호에 걸쳐 총 14명의 저자들이 이들의 공동 기고문에 대한 의견을 발표하였으며 최종적으로 편집자가 14(2)호에서 두 저자에게 마지막 해명의 기회를 부여하는 것으로 종료되었다.

18) Pym, "Why Common Ground is not Automatically Space for Cooperation: On Chesterman versus Arrojo", *Target* 12(2), 2000, pp.333-362.

론적 차원에서 '경험과학'이어야 한다는 확신이다.

우선 홈즈는 이미 자신의 논문 안에서 자신이 지향하는 메타담론의 성격이 무엇인지에 대해 비교적 명확히 입장을 밝히고 있다.

> … translation studies is, as no one I suppose would deny, an empirical discipline.
>
> … 번역학은 경험과학이며, 아마도 누구든 이를 부정하기는 어려울 것이다.[19]

여기서 홈즈가 말하는 경험과학이란, 홈즈가 인용한 햄펠이 설명하듯, 우리의 경험세계에서 일어나는 현상을 기술하고, 이로부터 일반적 원칙들을 도출해 내어 해당 현상들을 설명하고 예측하는 것이다. 이렇듯 번역학이 경험과학이어야 한다는 신념을 가지고 있던 홈즈는 경험과학의 잣대로 분류 불가능한 영역 전체를 번역학 지도에서 제외하였다. 결국 홈즈의 번역학 지도는 정확히 말해 '경험적 번역학의 지도'인 것이다. 그리고 그가 '메타담론'이라고 말했을 때에도, 그것은 어디까지나 경험적 방식으로 연구 가능한, 경험적 메타담론이었던 것이다.

번역학이 경험과학이어야 한다는, 혹은 궁극적으로 경험과학을 지향해야 한다는 신념은 체스터만에게서도 발견된다.

---

19) Holmes, 앞의 글, p.71.

A number of trends can be distinguished in translation studies over the past decade or so. One is the broadening of interest from translational studies(focusing on translations themselves) to translatorial studies(focusing on translators and their decisions). Another is a move from prescriptive towards descriptive approaches. However, I think the most important trend has been the shift from philosophical conceptual analysis towards empirical research.

지난 10여 년 동안 번역학에서 몇 가지 경향들이 발견된다. 그 중 하나는 (번역물 자체에 집중하는) 번역 중심적 번역학으로부터 (번역사와 번역사의 결정에 집중하는) 번역사 중심적 번역학으로 관심이 이동했다는 것이다. 또 다른 하나는 처방적 번역학으로부터 기술적 번역학으로의 이동이다. 그러나 가장 중요한 변화는 철학적, 개념적 분석으로부터 경험적 연구로의 이동이다.[20]

위의 글에서 체스터만은 번역학이 지난 10년간 겪었던 변화 중 가장 중요한 변화로 철학적, 개념적 분석으로부터 경험적 연구로의 이동을 꼽고 있다.[21] 이어 체스터만은 현재까지 개념적/비(非)경험과학적 연구들이 번역 이론의 역사에서 중요한 역할을 했음을 부정할 수는 없으나, 그것이 번역학의 궁극

20) Chesterman, "Causes, Translation, Effects", *Target* 10(2), 1998, p.201.

21) 스넬 혼비 역시 1990년대 번역학을 경험주의적 전환(empirical turn)이라는 키워드로 요약하고 있다(Snell-Hornby, *The Turns of Translation Studies*, 2006, p.115).

적 목적이 되어서는 안 되며, 번역학이 진정한 진보를 이루기 위해서는 이러한 사변적 성찰들이 아닌, 가설을 세우고 검증해 보는 경험과학적 패러다임을 선택해야 한다고 주장한다.[22] 이러한 입장은 그가 공저자로 참여한 대표적 저서에서도 그대로 드러나, 『번역학 연구의 길잡이』 제4장에서 번역학 내부의 연구의 종류들을 언급하면서 개념적 연구와 경험적 연구를 모두 언급하고 그 차이를 비교하여 설명하지만, 이후 제5장부터 제7장까지의 설명은 주로 가설을 세우는 법, 변수들 간의 관계, 데이터 선정 및 분석 등 경험과학적 연구의 수행에 필요한 설명들에만 할애되어 있다.[23] 홈즈의 번역학 지도가 경험과학으로서의 번역학의 지도였던 것처럼, 윌리엄스와 체스터만의 『번역학 연구의 길잡이』 역시 '경험적 번역학의 길잡이'인 것이다. 번역학이 '관찰 가능한 대상'들의 기술로 옮겨 가야 한다고 주장한 투리 역시 경험과학으로서의 번역학을 지향하고 있음은 명백해 보인다.

그렇다면 홈즈와 체스터만, 투리가 배제한 번역학 담론들, 다시 말해 경험과학의 범주 밖에서 이루어지는 연구들은 과연 무엇인가? 우리는 잠정적으로 이를 번역에 대한 '형이상학적(metaphysical)/개념적(conceptual)' 접근으로 정의하고자 한다. 번역에 대한 형이상학적 접근은 앞서 언급한 인식론적 접근과

---

22) Chesterman, 앞의 글, pp.202-203

23) Williams & Chesterman, 정연일 옮김, 『번역학 연구의 길잡이』, 2006.

번역에 대한 메타담론의 일부를 포괄하면서도, 경험적 방법론만으로 충분한 논의가 불가능한 일련의 문제들을 성찰하는 것뿐 아니라, 기존의 경험적 연구들이 수행되는 방식에 대한 방법론적 반성이나 비판을 포함한다. 번역사의 윤리나 정체성 문제, 번역 충동의 문제, 철학의 영역에서 진행된 번역에 대한 형이상학적 담론들, 탈식민주의 담론, 번역과 젠더의 문제 등을 그 예로 들 수 있다. 경험과학적 담론과 마찬가지로, 비 경험과학적 담론 역시 그 안에 지극히 다양한 성격의, 다양한 학문적 지평으로부터의 담론을 포함하고 있다.

5. 하나의 가능성으로서의 철학적 메타담론

경험과학의 바깥에서 이루어지는 다양한 번역 담론들 중 번역에 대한 철학적, 형이상학적 메타담론은 경험과학적 번역학이 누락시킨 문제들 중 상당 부분에 대한 성찰을 가능케 한다. 번역학이 비교적 최근에 이르러 인식론적, 방법론적 성찰의 필요성에 봉착한 것과는 달리, 철학은 이미 오래전부터 언어의 문제, 번역의 문제, 인식의 근거나 방법의 문제 등에 천착해 왔기 때문이다. 번역학은 철학의 개념들을 메타담론에 활용할 수 있을 것이며, 철학은 번역학 내부에서 진행되어 온 다양한 실무적, 실용적 논의들을 참고하여 철학 내부에서 오랫동안 논의되어 온 개념들, 예를 들어 번역 욕망, 자기의 언어와 타자의 언어 간의 문제 등을 성찰할 수 있을 것이다. 이런 의미에서 철학과 번역학의 만남은 현재 번역학에 필요한 메타 담론의 훌륭한 출발점이 될 수 있을 것이다. 물론 그러한 '학제적' 협력은 생각처럼 쉬운 것은 아니다. 먼데이가 지적한 것처럼 "어떤 학자들의 경우, 자신의 전공 분야의 주위에 쳐진 학문간 경계를 뛰어넘기를 주저하거나, 무슨 사정에서인지 그렇게 할 수 없는 듯하다."[24] 번역학을 연구하는 연구자들도 자신이 속해 있는 학문적 지평(문학 번역, 실용 번역, 통역 등)을 뛰어넘는 것을 주저한다.

그런데 번역학의 역사를 개괄해 보면, 번역학과 철학 간의 경계선을 넘어서는 의미 있는 작업이 몇몇 저자들에 의해 꾸준히 시도되어 왔음을 확인할 수 있다. 우선 철학의 영역에서 출발하여 번역에 이른 철학자로 슐라이어마허를 언급하지 않을 수 없겠다. 슐라이어마허는 "저자를 독자에게 데리고 가는가? 혹은 독자를 저자에게 데리고 가는가?"라는 양자택일적 물음을 통해 이후 수세기 동안의 번역 담론을 지배하게 될 화두를 함축적으로 정리해 내었다.[25]

이 밖에도 「번역가의 과제」라는 논문을 통하여 번역의 궁극적 지향에 대한 극도로 사변적인 성찰을 제안한 벤야민,[26]

---

24) Munday, 정연일 · 남원준 옮김, 『번역학 입문: 이론과 적용』, 2006, p.266.

25) Schleiermacher, A. Berman trans., *Des Différentes Méthodes du Traduire et Autre Texte*, 1999(1813).

26) Benjamin, "La tâche du traducteur", in Walter Benjamin, Maurice de Gandillac trans., *Oeuvres I. Mythe et violence*, 1971(1921).

프랑스의 철학 전통 속에서 번역을 통해 '언어적 환대' 개념에 이른 리쾨르[27] 등이 철학으로부터 번역학으로 성찰의 영역을 확장시킨 저자들이라고 할 수 있겠다.

반면, 번역학에서 출발하여 그 성찰을 철학적 단계에까지 끌어 올린 저자들로는, 번역의 문제를 언어 간의 역학관계로, 번역 전략을 그러한 위계를 전복하는 수단으로 조망한 베누티, 독일 낭만주의 시대의 번역에 대한 철학적 담론들을 토대로 번역의 윤리적 지향에 대한 심도 깊은 성찰을 제안한 베르만, 그리고 번역학과 철학을 넘나들며 방대한 번역철학을 구축해 가고 있는 라드미랄 등을 언급할 수 있겠다. 미미하게나마 꾸준히 명맥을 이어 오고 있는 이러한 논의들이야말로, 본격적인 철학적 메타담론을 개진하는 데 훌륭한 출발점이 될 것이다.[28]

---

27) Ricœur, 윤성우 · 이향 옮김, 『번역론: 번역에 관한 철학적 성찰』, 2006.

28) 이 글에서는 지면의 한계상 번역학에서의 철학적/비경험과학적 논의를 개략적으로 언급하는 것으로 만족하고자 한다. 이상에서 언급된 저자들과 관련하여서는 필자가 공동 역자 혹은 공동 저자로 참여한 다음의 논문 및 역서를 참고하기 바란다.
윤성우 · 이향, "De Berman à Venuti: Approches postcoloniales sur la traduction", *Forum* 7(1), 2009, pp.203-221; 윤성우 · 이향, 「번역학은 설명의 과학인가?: 체스터먼(Chesterman)에 대한 비판적 논의를 중심으로」, 『통역과 번역』 11(2), 2009, pp.111-129; Berman, 윤성우 · 이향 옮김, 『낯선 것으로부터 오는 시련: 독일 낭만주의 문화와 번역』, 2009.

6. 끝말

이상에서 우리는 번역학이라는 학문에 대한 메타담론의 필요성에 대해 고찰하고 기존 메타담론에서 누락된 것이 무엇인지를 생각해 보았다. 그리고 향후 그러한 공백을 메우기 위한 대안 중 하나로 철학적 메타담론의 가능성에 대해 고찰해 보았다.

번역학이 진정한 학제적 학문으로서 타 학문과 대등한 협력을 수행하는 데 필요한 요소는 메타담론 외에도 여러 가지가 있을 것이다. 그러나 번역학이 경험적 데이터를 단순 누적하는 차원을 벗어나, 해당 데이터들이 번역학이라는 큰 틀 안에서 어떤 의미를 가지는지를 되새겨 보고, 그 한계를 반성할 수 있으려면, 번역학 자체에 대한 거시적, 메타적 담론이 선행되어야 할 것이다. 지금으로부터 30여 년 전 홈즈가 "메타담론을 시작하자"고 외쳤다면, 이제 "메타담론을 다시 시작하자"고 외쳐볼 때이다.

제2장

국내 번역학 연구 경향에 관한 고찰

1. 들어가는 말

번역학 내부에 지난 20-30년간 누적되어 온 연구들을 살펴보면, 우선은 그 주제의 다양함에 놀라게 된다. 물론 비중에 있어서는 차이가 있겠으나, 좁게는 원문과 번역문의 대조언어학적, 비교언어학적 분석에서부터 넓게는 번역과 문화, 번역과 탈식민주의, 번역과 언어, 번역과 젠더, 번역과 권력 등의 사회적, 문화적, 정치적 주제에 이르기까지 매우 다양한 논의들이 번역학의 장 안에서 전개되고 있다. 번역학 담론에 참여하는 연구 주체들 역시 그만큼 다양해서, 외국어나 문학에 대한 관심에서 출발하여 번역에 대해 연구하게 된 어문학 전공자, 문학 번역이나 실용 번역 경험을 통해 얻은 노하우를 기반으로 이론화 작업을 시도하는 번역 실무자, 그리고 통번역 교육 현장에서 체계적인 통번역 교육을 위해 이론적 접근을 시도하는 통번역 교육자, 번역된 작품들에 대한 비평을 토대로 번역 비평을 개진해 나가는 번역 비평가 등 다양한 학문적 지평을 가진 연구자들이 이론 담론을 생산해 내고 있다. 이러한 상황은 해외에서 뿐 아니라 국내에서도 마찬가지로, 국내의 번역 담론 역시 극도로 혼질적이고 다양한 방식으로 성장해 가고 있다. 국내에서든 해외에서든, 오늘날의 번역학이 양적으로 '팽창'하고 있음에는 의심의 여지가 없어 보인다.

그런데 이렇듯 번역학이 내용적으로 다양해지고, 그만큼 많은 양의 데이터들이 축적되는 과정 속에서, 번역학의 '현재 모습'을 전체적으로 조망하는 작업은 더욱 어려워졌다. 예를 들어 현재 번역학의 주류 담론은 무엇인지, 한국의 번역학은 서구의 번역 담론과 어떤 점에서 구분되는지, 혹은 오늘날의 번역학이 과거의 번역 담론과 어떤 점에서 차이를 보이는지 등의 물음에 답하는 것은, 그러한 물음이 가지는 중요성과는 별개로 거의 불가능해 보인다. 연구자가 어떤 학문적 지평에서 출발하였으며, 번역학을 어떻게 규정하고 어떤 각도에서 번역학을 바라보는지에 따라 위의 질문들에 대한 답변은 매우 다양할 수밖에 없기 때문이다. 게다가 번역학의 공간이 극도로 파편화되면서, 연구자들은 자신의 연구 분야 밖에서 개진되는 논의들을 파악하기가 더욱 어려워졌다. 예를 들어 영미권의 학자들에게 '번역'이란 영어로부터의 혹은 영어로의 번역이다. 문학 번역가에게 번역은 종종 실용 번역을 배제한 문학적, 심미적 성격의 텍스트 번역에 국한된다. 국제회의 통역사들은 회의 통역의 영역 밖에 존재하는 지역사회 통역(community interpreting)을 비롯한 다양한 통역들의 존재를 종종 망각한다. 어쩌면 번역학 내부의 혼잡함이나 복잡다단함 자체가 문제가 아니라, 다양한 연구 주체들 간의 소통의 부재, 혹은 번역학에 대한 공통의 인식론적 성찰의 부재가 더 심각한 문제인 것처럼 보인다. 한마디로 역동적이고 혼질적인 것처럼 보이면서도, 실상은 번역학 내부에서 서로 다른 학문적 지평이나 목적을 가진 연구자들 간의 소통이 그만큼 활발히 이루어지고 있지는 않다는 우려 역시, 이 연구를 시작하게 된 계기 중 하나이다. 과연 이러한 상황을 어떻게 타개할 것인가?

이 장은 번역학 내부에서 어떤 논의들이 개진되고 있는지를 총체적으로 파악하고, 번역학이 어떤 학문이어야 하며 무엇을 지향하는지에 대한 활발한 논의가 이루어지는 것이야말로, 이러한 소통 부재를 타개하기 위한 첫걸음이라는 인식에서 출발한다. 그러한 계획의 출발점은 아마도, 국내 번역학계에서 어떤 논의들이 진행되고 있는지를 구체적 데이터들을 통하여 일차적으로 파악하는 작업이 될 것이다. 궁극적으로는 한국의 번역학 전체를 조망하는 일종의 '지도'가 마련되어, 현재 국내에서 진행되는 번역 담론들이 어떤 특징을 가지고 있으며, 누가 무엇을 어떠한 방식으로 연구하고 있는지를 개괄적으로라도 파악할 수 있어야 한다는 것이다. 이러한 작업을 통해서만이, 현재 한국의 번역 담론에서 간과되거나 누락된 것은 무엇인지를 인식하고 현재까지의 연구방법론이 적절했는지를 '반성'하는 한편, 번역학이 향후 나아갈 방향에 대한 조심스러운 제안을 할 수 있기 때문이다.

그런데 현재 한국의 번역학 내부에서 어떤 논의들이 진행되고 있는지를 파악하는 것은 결코 간단한 작업이 아니다.

첫째, 일단 무엇을 '한국의 번역학'으로 규정할 것인가, 다시 말해 국내 번역 담론을 대표할 만한, 대표성 있는 코퍼스를 어떤 기준으로 선정할 것이며, 그 범위는 어떻게 설정할 것인가의 문제가 제기된다. 이는 어디까지를 번역학으로 볼 것인가의 문제, 예를 들어 엄밀한 의미의 번역학 전공자들에 의한 연구물, 혹은 번역학 전문 저널만을 코퍼스로 삼을 것인가, 혹은 좀 더 포괄적이고 유연한 기준을 선택할 것인가 등의 문제와도 무관하지 않은, 간단치 않은 문제이다.

둘째, 일단 코퍼스가 선정된다 하더라도, 선정된 코퍼스를 어떤 기준으로 분류할 것인가의 문제도 만만치 않다. 사실 주로 국내에서 어떤 주제가 연구되고 있다든지, 어떤 주제가 누락되었다든지 하는 평가들은, 기존 논의들을 어떤 기준으로 분류했느냐의 문제로부터 자유로울 수 없다. 극도로 다양한 번역 관련 연구들을 적절히 분류해 낼 수 있는 기준을 마련하는 작업은 일회적 연구의 결과로 얻어낼 수 있는 것은 아닐 것이다. 또한 특정 분류 기준이 채택된다 하더라도, 그것은 영구적 기준일 수 없으며 연구 경향의 변화를 반영하는 방식으로 지속적으로 보완, 수정되어야 할 것이다. 따라서 관건은 특정 시점, 특정 공간 내의 번역 담론을 효율적으로 분류할 수 있는 잠정적 기준을 마련하고, 이를 끝없이 보완해 나갈 수 있는 시스템을 마련하는 데 있다.

이와 같은 어려움을 감안할 때, 현재 상황에서 가장 현실적인 대안은 일단 번역학 관련 연구들이 현재까지 어떻게 분류되어 왔는지를 기존 논의들을 중심으로 검토해 보고, 부분적으로나마 그러한 기준들을 번역학 분류에 적용해 본 후, 분류 결과를 분석하는 동시에, 분류 기준의 한계를 보완해 나가는 방식으로 작업하는 것이다. 이것이 바로 이번 연구가 출발점으로 삼고자 하는 지점이다. 한마디로 이 장의 목적은 국내의 번역학 전체를 조망하는 것도, 번역학 연구들을 분류할 수 있는 완벽한 분류 기준을 제시하는 것도 아니다. 단지, 그러한 논의의 출발점이 될 만한 예비적 성찰들을 제안하고자 할 뿐이다.

이 장은 크게 세 부분으로 구성된다. 첫째, 번역학 연구물들의 분류에 활용 가능한 몇몇 저자의 개념 틀들을 검토해 보고, 그 특징이나 한계를 고찰해 보고자 한다. 둘째, 앞서 소개된 개념 틀 중 하나를 선정하여 국내에서 발표된 번역학 연구물의 일부를 분류하는 데 활용해 보고자 한다. 셋째, 분류 결과를 분석한 후, 이를 토대로 앞서 선정된 분류 틀을 보완할 수 있는 방법을 제안해 보고자 한다.

2. 번역학 분류에 대한 기존 담론 개괄

번역학 내부에 존재하는 다양한 갈래의 연구들을 어떻게 분류할 것인가의 문제는, 번역학을 어떻게 정의할 것인가, 혹은 번역학이 어떤 연구방법을 선택해야 할 것인가 등의 인식론적 질문들과 함께 번역학에 대한 메타담론의 중요한 부분이다. 현재 번역학 담론을 분류하는 방식에 대한 합의된 기준이 마련되어 있는 것은 아니다. 그러나 분류 자체를 목적으로 하지는 않았어도, 기존의 이론 담론 속에 스스로의 이론을 위치시키기 위해, 혹은 번역학 전체를 조망하기 위한 수단으로, 몇몇 학자들이 복잡다단한 번역학 이론들을 나름의 방식대로 분류하였다. 문제는 번역 담론을 분류하기 위한 분류 틀을 지칭하는 방식도 학자들마다 조금씩 달랐다는 것이다. 여기서는 번역학 담론의 유형별 분류를 시도한 학자들 중 홈즈/투리의 '지도', 라드미랄의 '담화 유형', 그리고 윌리엄스와 체스터만의 '번역학 연구 분야'를 간단히 살펴보고, 그 중 하나를 선택하여 번역학 연구물의 분류에 활용해 보고자 한다.

1) 홈즈/투리의 번역학 분류

스넬 혼비는 홈즈를 현대적 의미에서의 번역학의 '선구자(pioneer)'로 명명한다.[1] 홈즈가 제시한 번역학 담론의 분류 틀은 1972년 홈즈가 처음으로 제안한 내용을 투리가 도식화하여 정리, 보완하였으므로 흔히 홈즈/투리의 지도(Map)로 불린다. 홈즈가 제안하고 투리가 도식화한 홈즈/투리의 지도는 다음과 같다.

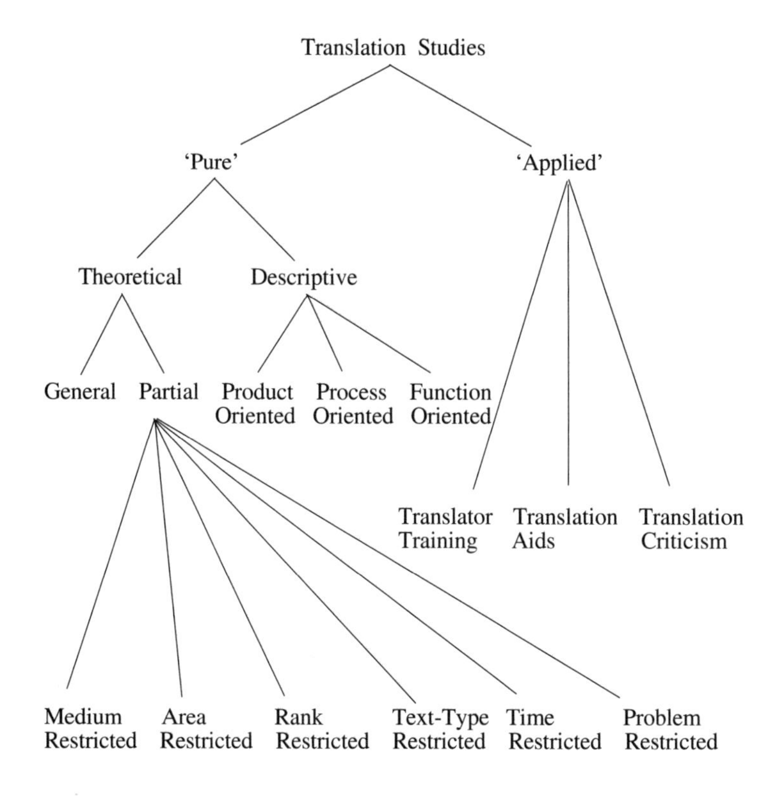

[그림 1] 홈즈/투리의 지도[2)]

1) Snell-Hornby, *The Turns of Translation Studies*, 2006, p.4.

2) Toury, *Descriptive Translation Studies and Beyond*, 1995, p.10.

여기서 홈즈는 번역학을 크게 순수 번역학(Pure Translation Studies)의 영역과 응용 번역학(Applied Translation Studies)의 영역으로 나눈다. 그러나 실제로 홈즈와 투리가 번역학의 핵심적 분야로 간주한 영역은 우측에 제시된 응용 번역학이라기보다는 좌측에 상세하게 소개된 순수 번역학이다. 응용 번역학을 구성하는 번역 교육, 번역 보조 도구, 번역 비평 등의 영역은 홈즈나 투리에게서 비교적 간단하게 언급되는 반면, 순수 번역학을 구성하는 두 개의 하위 분야는 상당히 상세하게 설명되어 있는 것을 보면 이를 확인할 수 있다. 홈즈/투리의 지도에서 좌측에 위치한 순수 번역학은 '이론(theoretical)'과 '기술(descriptive)'이라는 두 개의 축으로 이루어져 있다. 이는 번역학이 "경험세계의 개별 현상을 기술하고, 일반 원칙을 도출하여 개별 현상들을 설명하고 예측하는" 경험과학이어야 함을 확신하는 홈즈의 신념이 반영된 것으로 해석할 수 있다.[3] 홈즈의 지도에 들어 있는 '기술'과 '이론'은 바로 이러한 인식을 반영하는 것이다.

그런데 이러한 관점에서 본다면 홈즈의 분류 틀에 '지도(Map)'라는 이름을 붙이는 것이 과연 적절한가라는 의문이 제기된다. 일반적으로 지도라는 것은 특정 시점에서 특정 지면의 상태를 약속된 기호로 평면에 나타낸 것을 말한다. 그런데

---

3) Holmes, "The Name and Nature of Translation Studies", in *Translated!: Papers on Literary Translation and Translation Studies*, 1988, p.71.

홈즈의 번역학 지도는 1970년대의 번역학을 있는 그대로 나타냈다기보다는, 당시 신생학문이었던, 그러나 향후 하나의 온전한 경험과학으로 성장하게 될 번역학에 거는 홈즈의 기대를 반영한, 일종의 '청사진'에 가까워 보인다. 홈즈가 언급한 많은 분야들이 홈즈 스스로의 고백대로 "아직은 제대로 자리 잡지 못했으나 향후 발전하게 될" 분야들이기 때문이다.

질은 이미 홈즈/투리의 지도가 오늘날 번역학의 다양한 패러다임을 반영하기에는 충분치 못함을 지적한 바 있다.[4] 실제로 필자가 다른 연구에서 홈즈/투리의 지도를 사용하여 번역학 연구들 중 일부를 분류해 본 결과, 경험과학적 성격의 연구들은 비교적 세분화시켜 분류 가능하였으나, 경험과학의 영역 외부에 존재하는 연구들의 경우 대부분 분류 불가능하였다.

2) 라드미랄의 번역학 분류

홈즈가 번역학을 '경험과학'으로 인식하고, 이를 기반으로 한 '지도'를 제안하였다면, 프랑스의 번역철학자 라드미랄은 번역학에 대한 전혀 다른 인식론적 접근을 시도한다.

라드미랄은 번역에 대한 담론들을 담화 유형(type de discours)에 따라 처방적/규범적 번역학, 기술 번역학, 귀납적/과학적 번역학, 생산적 번역학 등 네 가지로 분류한다. 라드미랄

4) Gile, "Being Constructive about Shared Ground", *Target* 13(1), 2001, pp.149-153.

의 설명을 요약하면 다음과 같다.[5)]

처방적/규범적 성격의 번역학(traductologie prescriptive ou normative)은 번역을 어떻게 해야 하는지를 설명한 고전적인 번역 지침서에서부터 번역에 대한 사변적, 철학적 담론들에 이르기까지 다양한 논의들을 포괄하는 것으로 정의된다. 라드미랄은 처방적/규범적 번역 담론을 제시한 주요 저자로 벤야민, 메쇼닉(Meschonnic), 스타이너(Steiner) 등 문학이나 철학을 지평으로 하여 번역 담론을 제시한 저자들을 언급한다. 과거의 번역학을 지배하였던 이러한 유형의 담론은 그러나 더 이상 오늘날 번역 담론의 주류는 아니며, 오늘날 발표되는 연구들의 상당 부분은 처방적/규범적 담론이 아닌 기술 번역학(traductologie descriptive)에 속한다는 것이 그의 견해이다.

언어학으로부터 방법론적 엄격함을 빌려 온 기술 번역학에는 주로 대조언어학적 성격의 작업을 해온 비네와 다블네(Vinay & Darbelnet)나 발라르(Ballard)뿐만 아니라, 무냉(Mounin), 캣포드(Catford) 같은 저자들이 속한다. 그러나 기술 번역학 역시 과거의 담론에 속하며, 번역학의 미래는 소위 귀납적/과학적 번역학이 주도하게 될 것이라고 라드미랄은 설명한다. 이는 인지심리학과의 연계 하에, 결과물로서의 번역에만 천착하는 차원을 벗어나, '번역사의 머릿속에서 무슨 일이

---

5) Ladmiral, "Epistémologie de la traduction", in S. Mejri(ed.), *Traduire la langue traduire la culture*, 2003, pp.147-168.

일어나는지'를 과학적으로 밝혀내는 것을 목적으로 하는 번역학을 의미한다.

그러나 라드미랄은, 귀납적/과학적 번역학은 아직 초보적 단계에 머무르고 있다고 설명하며, 따라서 그러한 번역학이 가능해지는 시점까지 매일의 번역 실무에서 발생하는 문제를 해결하는 대안적 번역학으로 '생산적 번역학'을 제안한다. 생산적 번역학이란 번역에 대한 과학적 설명을 제안하는 것을 목표로 하기보다는, 번역사들이 번역 과정에서 만나게 되는 상호 모순적인 과제들을 공유하고 그러한 문제들에 대한 거리두기를 통해 객관화시키면서, 번역 실무가 제기하는 상충적 요구들에 대해 반성적 성찰을 제안하는 번역학이다.

라드미랄이 제안한 번역학의 유형화 작업은 번역학을 경험과학의 영역에 국한시킨 홈즈의 연구가 포괄하지 못하는 영역을 번역학 안으로 끌어들이려 한다는 점에서 의미심장하다. 실제로 라드미랄은 가설의 검증을 통하여 번역학에 과학성을 부여하는 것을 우선적 목표로 삼는 홈즈나 체스터만의 입장에 대해 상당히 비판적이다.

그러나 라드미랄의 분류 틀을 활용하여 실제 번역학 연구물 일부에 대입해 본 결과, 몇 가지의 문제점이 드러났다. 우선 분류 기준이 지나치게 포괄적이어서 번역학 연구 경향의 큰 흐름을 대략적으로 파악하는 데는 유용할 수 있어도, 성격과 목적이 다른 다양한 연구물들을 같은 범주로 분류하게 되거나 중복 분류되는 문제를 피하기가 어려워 보였다. 어떤 연구들은 처방적이면서 동시에 기술적일 수도 있고, 귀납적/과학적 번역학 역시 일정 정도의 기술(description) 없이 진행되기는 어렵기 때문이다.

3) 윌리엄스와 체스터만의 번역학 분류

홈즈가 '지도'를 제안하고 라드미랄이 담화 유형을 제안했다면, 윌리엄스와 체스터만은 번역학을 총 12가지의 연구 분야(areas)로 분류하였다. 윌리엄스와 체스터만은 『번역학 연구의 길잡이』에서, "이 외에 더 이상의 분야가 없다거나 각 분야 내의 주제들이 모두 망라되었다는 뜻은 결코 아니다"라는 단서를 단 후에 번역학 연구 분야를 다음과 같은 총 12개 영역으로 분류한다.[6)]

- 텍스트 분석과 번역(Text Analysis and Translation)
- 번역 품질 평가(Translation Quality Assessment)
- 장르별 번역(Genre Translation)
- 멀티미디어 번역(Multimedia Translation)
- 번역과 테크놀로지(Translation and Technology)
- 번역의 역사(Translation History)
- 번역 윤리(Translation Ethics)

6) Williams & Chesterman, 정연일 옮김, 『번역학 연구의 길잡이』, 2006, p.1.

- 술어 및 용어론(Terminology and Glossaries)
- 통역(Interpreting)
- 번역 과정(Translation Process)
- 번역 교육(Translation Training)
- 번역 직업론(Translation Profession)

홈즈나 라드미랄보다는 '연구 주제' 자체에 초점을 맞춘 윌리엄스와 체스터만의 분류는 비교적 최근의 것이어서, 오늘날의 번역학 연구 영역들을 비교적 상세하게 나열하고 있다. 홈즈의 용어를 빌려 설명하자면, 윌리엄스와 체스터만의 12개 연구 분야에는 순수 번역학의 영역뿐 아니라 교육, 평가, 윤리, 직업론 등 응용 번역학의 범주에 속하는 영역도 비교적 세분화되어 있다. 그 밖에도 홈즈의 지도에서는 형식적으로만 언급되었던 번역과 테크놀로지, 멀티미디어 번역, 통역, 번역 품질 평가 등이 텍스트 분석이나 장르별 번역 등 전통적인 연구 영역들과 대등하게 중요한 분야로 언급된 것은 주목할 만하다. 또한 번역 윤리나 번역의 역사 등 홈즈가 누락시켰던 분야들도 언급되어 있다.

이 장에서는 시기적으로 가장 최근의 것이고, 예비 검토 결과 실제 분류에 적용하는 데 가장 무리가 없어 보이는 윌리엄스와 체스터만의 12개 연구 분야를 활용하여 번역학 연구들을 분류해 보고자 한다.

3. 번역학 연구물의 분류

1) 코퍼스의 선정

국내 번역학 연구물은 학술지 논문이나 학위 논문이나 저서 외에도 각종 학술대회 발표문, 번역서 등 다양한 부분들로 구성된다. 일단 논문으로 범위를 좁히더라도, 국내에는 『번역학 연구』, 『통번역학 연구』, 『통역과 번역』, 『포럼』, 『통번역교육연구』 등 총 6개의 번역학 전문 저널에 다수의 논문들이 정기적으로 발표되고 있다. 그 외에도 개별 어문학회에서 발간하는 학술지에 게재되는 번역 관련 논문들도 상당수이며, 국내 학자들이 해외에 발표하는 논문들의 포함 여부도 중요한 논점 중 하나일 것이다. 이 중 국내의 번역학을 대표할 만한 코퍼스를 선정하기 위해서는 코퍼스의 규모나 범위에 대한 충분한 사전 논의가 필요할 것이다.

이 장에서는 앞으로 좀 더 확장된 형태의 번역학 분류에 착수하기 위한 예비 작업으로, 1997년 창간호부터 2010년까지 『통번역학 연구』에 실린 총 193편의 논문을 윌리엄스와 체스터만이 제시한 12개 연구 영역에 따라 분류해 보았다. 국내에서 가장 오랜 역사를 가지고 있는 통번역 전문 교육기관인 한국외국어대학교 통번역대학원 산하의 통번역연구소에서 발행하는 학술지인 『통번역학 연구』는 타 학술지에 비해 비교적 오랜 역사를 가지고 있고, 그 역사가 국내에서 통번역학이 독립된 학문으로 발돋움하는 과정을 보여주는 성장사이기도 하기 때문이다.

2) 분류 기준의 정의 및 분류 작업

이 글에서는 윌리엄스와 체스터만의 12개 연구 분야를 분류 기준으로 활용하여 번역학 연구들을 분석해 보고자 한다. 윌리엄스와 체스터만의 설명을 토대로 하여 각 분류 기준을 가능한 한 구체적으로 나타내 보면 [표 1]과 같다.

우선 1997년 창간호부터 2010년까지 『통번역학 연구』에 게재되었던 총 193편의 논문들을 위 12개 연구 분야에 의거하여 분류하였다. 분류의 원칙은 다음과 같았다.

첫째, 논문의 제목, 초록, 키워드를 토대로 하여, 12개 연구 분야 중 가장 적절해 보이는 분야로 분류하였다. 단, 1997년부터 2005년까지의 논문에는 키워드가 포함되어 있지 않았으므로, 이 기간의 연구는 본문 내용을 검토, 분류하였다. 논문 제목, 초록, 키워드만으로 논문의 성격을 파악하기 어려운 경우에는 해당 논문의 내용을 참고하여 가장 근접한 분야로 분류하였다.

둘째, 동시에 여러 연구 분야에 중복적으로 분류 가능한 논문들의 경우, 일차적으로는 논문의 지배적 논조에 따라 분류하되, 여러 분야에 고루 걸쳐져 있다고 판단되는 논문의 경우에는 해당 연구 분야를 모두 표시하였다.

[표 1] 번역학의 12개 연구 분야

	기준	내용
1	텍스트 분석과 번역	- 원문의 통사적, 의미적, 문체적 특성을 분석한 연구 - 원문과 번역문을 비교한 연구 - 하나의 원문에 대한 여러 개의 번역을 비교한 연구 - 구체적 번역 문제들이 어떻게 해결되었는지를 고찰한 연구 - 번역사가 사용한 번역 전략에 대한 연구 - 원문과 번역문 간의 변이(shift) 연구 - 번역물과 비(非)번역물의 특성을 비교한 연구 - 번역 과정을 해설한 연구, 번역 과정에 대한 회고적, 내성적 분석 연구
2	번역 품질 평가	- 원문을 중심에 놓고 번역문이 원문으로부터 어떻게 이탈하였는지를 분석한 연구 - 번역 결과물의 품질에 대한 연구 - 번역 의뢰자, 교육자, 비평가 및 독자들에게 미치는 번역 효과(translation effects)를 평가한 연구 (번역물에 대한 서평, 출판인과 독자의 인터뷰 등)
3	장르별 번역	- 희곡, 시, 소설 등 전통적 문학 장르의 번역에 대한 연구 - 멀티미디어 텍스트, 종교 텍스트, 아동 문학, 관광 텍스트, 기술 텍스트, 법률 문서 등의 번역에 대한 연구
4	멀티 미디어 번역	- 음성 중첩(voice-over), 내레이션(narration), 립싱크 더빙(lip-sync dubbing) 번역에 대한 연구 - 이동 자막(surtitling) 및 고정 자막(subtitling)의 번역에 대한 연구
5	번역과 테크 놀로지	- 술어 관리 프로그램(terminology management program)이나 번역 기억 시스템(translation memory system)의 평가에 관한 연구

6		- 소프트웨어 현지화(Software Localization) 관련 연구 - 테크놀로지의 효과에 관한 연구 - 웹사이트 번역 관련 연구 - 번역 교육에서의 테크놀로지의 역할에 관한 연구
6	번역의 역사	- 번역자의 배경에 관한 연구 - 번역자와 출판인, 편집자와의 관계 - 번역가의 번역 동기와 번역 활동상 - 특정 시기, 특정 문화에서 어떤 텍스트가 번역되었는가에 대한 연구 - 다수자 언어 집단과 소수자 언어 집단 사이의 관계 - 번역을 통해 바라본 제국주의 중심과 식민화된 주변부 사이의 관계에 대한 연구 - 번역 작품에 대한 비평 연구, 이를 통한 번역물의 수용 가정 및 그 성공 또는 실패의 이유에 대한 연구 - 왜 특정 시기에 특정 텍스트들이 번역되었는가에 대한 연구 - 개별 번역물을 사회적, 역사적 맥락 속에서 심층 분석하는 연구
7	번역 윤리	- 권력과 해방, 젠더, 탈식민주의, 내셔널리즘, 헤게모니, 소수자 아이덴티티, 문화적 아이덴티티, 번역자의 가시성 등 문화적, 이데올로기적 요인에 의하여 번역이 어떻게 영향을 받아왔는가에 대한 연구 - 실무 윤리 규정(Codes of Practice)에 대한 연구 - 원작자에 대한 충성과 독자에 대한 충성의 충돌에 관한 연구 - 번역자의 책임의 한계에 대한 연구 - 포스트모더니즘과 번역 윤리 논쟁
8	술어 및 용어론	- 특정 언어에 대한 문헌 작업, 코퍼스 작업에 대한 연구 - 술어 데이터베이스 구축 관련 연구 - 술어 통일(term harmonization), 언어 정책

9	통역	- 동시통역, 순차통역, 회의 통역, 대화 통역, 법적 통역, 커뮤니티 통역 등 특정 통역 방식에 대한 연구 - 통역사의 뇌, 동시통역에서의 기억의 기능, 시차(time-lag)가 통역의 최종 질에 미치는 영향 등 통역에 대한 인지적 연구 - 노트 테이킹, 통역 준비 전략, 특정 문제에 대처하는 통역사의 방식, 대화 통역에서 발화 시간 점유, 통역사와 다른 참여자들 사이의 시선 접촉 등을 대상으로 하는 행동 연구(Behavioural Studies) - 특정 언어구조의 통역 방식, 통역 과정에서의 생략, 압축, 통역 중의 스타일 변이 등 언어적 측면에 대한 연구 - 통역 참여자들 간의 권력과 공손(politeness) 관계의 교섭, 통역사의 윤리적 책임 문제, 통역의 역사 등 사회적, 윤리적, 역사적 연구 - 전문 통역사와 통역 학생 비교, 전문가와 비전문가 비교, 교육 기관별 교육 방식의 비교 등 통역 교육에 관한 연구 - 통역 품질 평가 - 법정 통역, 수화 통역, 시각 장애인을 위한 통역, 위스퍼링 등 특수 형태 통역
10	번역 과정	- 전문 번역사들의 실제 직업 생활과 작업 조건에 대한 연구, 작업 현장 연구 - 역자 서문, 역자 후기, 역주 등 번역자들이 쓴 에세이 비망록, 번역자들과의 인터뷰 등을 토대로 한 연구 - 사고 발화법(Think-Aloud Protocol) 연구
11	번역 교육	- 교과과정 설계 - 특정 교과목의 내용, 교수법 및 평가 방법 - 번역 학습자들이 보편적으로 겪는 문제에 대한 연구 - 번역 학습자들을 대상으로 한 직업적 측면의 교육 연구
12	번역 직업론	- 각국의 전문 번역사 협회가 어떻게 발전해 왔는지에 대한 연구 - 현재 각국 번역사 협회의 현황에 대한 연구

셋째, 분류 작업이 완료된 이후에는 세 차례의 검증 작업을 거쳐, 오류가 없는지 확인하였다.

그런데 여기서의 분류 작업의 결과를 엄밀한 통계 자료로 간주하기에는 몇 가지 측면에서 한계가 있었다. 우선 선택된 코퍼스의 규모가 한국의 번역학 전체를 대변하는 것으로 보기에는 지나치게 작았으며, 비록 여러 차례의 검증을 거쳤다 하더라도, 연구자에 의한 단독 분류의 결과이므로 분류의 자의성에 대한 혐의 역시 피할 수 없었다. 다시 말해, 분류자가 분류 기준을 어떻게 이해하고 어떤 방식으로 적용하는가에 따라 분류 결과가 달라질 여지가 있었다.

이번 분류 작업의 목적은 분류의 결과에 대한 통계적 데이터를 제시하는 데 있다기보다는, 어떤 종류의 논문들이 『통번역학 연구』에 게재되었는지를 대략적으로 파악하고, 또 윌리엄스와 체스터만의 12개 연구 분야로 이를 적절하게 분류해 낼 수 있는지를 확인해 보는 데 있다. 따라서 이번 연구에서는 위의 분류 결과를 통계적 수치 형태로 제시하기보다는 다소의 오차 가능성을 인정하면서, 대신 위의 결과를 통하여 파악할 수 있는 주된 특징과 대체적 경향들을 요약, 정리하는 방식을 택하고자 한다.

분류 결과를 분석하는 과정에서 우리가 던져 보아야 할 질문들은 다음과 같다.

첫째, 오늘날 국내의 번역학 연구물들을 윌리엄스와 체스터만이 망라한 12개 연구 분야에 따라 효율적으로 분류하는 것이 가능한가?

둘째, 한국의 번역학은 위의 12개 영역 중 특별히 어떤 분야에 더 관심을 가지고 있으며, 또 상대적으로 덜 연구되거나 누락된 영역은 어떤 것들인가?

셋째, 역으로, 한국의 번역 담론에 존재하나, 윌리엄스와 체스터만의 12개 영역에서 누락된 것은 무엇인가?

이제 분류 결과를 분석함으로써 위의 질문들에 대한 답변을 시도해 보고자 한다.

3) 분류 결과 분석

『통번역학 연구』에 게재된 총 193편의 논문을 윌리엄스와 체스터만의 12개 연구 분야에 따라 분류한 결과를 정리해 보면 다음과 같다.

■ 통역 관련 연구나 텍스트 분석, 대조 연구들이 압도적으로 많았고, 멀티미디어, 테크놀로지, 역사, 윤리 등에 관한 연구는 미비하였다.

분류 결과 가장 눈에 띄는 특징은, 12개 분야 중 특정 분야의 연구가 집중적으로 많은 반면, 몇몇 분야는 해당 논문 수가 5편 미만으로 거의 없었다는 점이다. '통역' 항목과 '텍스트 분석과 번역' 항목에 해당하는 연구들이 각각 53편, 50편으로 전체 논문의 52퍼센트를 차지하고 있었다. 그러나 '멀티미디어 번역', '번역과 테크놀로지', '번역의 역사', '번역 윤리', '술어 및 용어론'에 해당하는 연구는 각각 5편 미만이었다. '멀티미디어 번역'이나 '번역과 테크놀로지'의 경우 번역학 내부에서의 연구 역사가 비교적 짧거나, 국내에 해당 분야의 전문가가 많지 않은 것이 원인일 수 있겠으나, '번역의 역사', '번역 윤리' 등의 영역이 거의 다루어지지 않은 점은 주목할 만하다. 물론 현재 단계에서 이러한 불균형한 분포가 문제점이라거나, 혹은 한국의 번역학 전체를 대변하는 현상인 것처럼 일반화시키는 것은 성급할 것이다. 이것이 『통번역학 연구』의 고유한 특징인지, 혹은 국내 번역 담론에서 역사나 윤리 등의 주제가 별로 다루어지지 않는 것인지는 추가 연구를 통하여 확인해 볼 사항이다.

■ 통역 관련 연구들이 큰 비중을 차지하고 있었다.

통역 관련 연구들이 상당한 비중을 차지하고 있다는 점 역시 눈여겨볼 만한 대목이다. 총 12개의 분류 항목 중 가장 많은 수의 논문이 포함된 항목이 '통역'이었다. 총 193편의 논문 중 53편(약 27퍼센트)이 통역에 관한 논문이었다. 통역에 속하는 것으로 분류된 논문들은 특수한 유형의 통역에 관한 고찰(예 : 「법정 통역의 실태와 향후 과제」, 11권 2호), 통역 교육(예 : 「스페인어-한국어 동시통역 학습전략 고찰」, 13권 1호), 통역의 품질(예 : 「동시통역의 질」, 1권 1호) 등으로 다양한 주제가 다루어졌다. 여기서 우리는 이러한 분류 결과를 어떻게 해석해야 할 것인가의 문제에 봉착하게 된다. 가장 많은 수의 논문들이 '통역' 항목에 분류된 것은 어쩌면 분류 기준 자체의 문제 때문은 아닐까? '통역'이라는 항목이 기타 항목들, 예를 들어 '번역과 테크놀로지'라든지 '술어 및 용어론' 등의 항목에 비하여 지나치게 포괄적인 것은 아닌가? 예를 들어 통역 과정에 대한 연구, 통역 교육 연구, 통역의 품질에 관한 연구, 특수한 유형의 통역에 대한 연구 등을 단순히 '통역'이라는 하나의 범주로 분류하는 것이 과연 적절한가의 문제를 제기할 수 있다. 번역 관련 연구물들의 경우, 번역 과정, 번역의 역사, 번역 교육, 번역 품질 평가를 각각 별개의 범주로 분류하는 것과 마찬가지로, 통역 역시 좀 더 세분화된 기준이 필요해 보인다. 이는 국내의 통역 연구들이 주로 통역 행위의 어떤 측면에 관심을 두고 진행되는지, 또 어떤 측면이 상대적으로 소홀히 다루어지고 있는지를 파악하기 위해서라도 필요한 작업일 것이다.

또한, 통역 교육이나 통역 평가에 관한 연구들의 경우 이번에는 일단 '통역' 항목으로 분류하였으나, 내용적으로는 번역 교육이나 번역 품질 평가로부터 상당 부분을 차용했을 수 있기 때문에 '통번역 교육'이나 '통번역 평가' 등, 통역과 번역을 포괄하는 기준을 마련하는 방안을 검토해 볼 필요가 있다. 물론 이러한 작업에 착수하기 전에, 국내의 통역 연구들이 전체 번역학 담론에서 얼마만큼의 비중을 차지하고 있는지에 대한 충분한 사전조사가 선행되어야 할 것이다.

■ 텍스트 분석, 원문과 번역문의 대조 분석을 주제로 하는 연구들의 비중이 높았다.

전체 193편의 논문들 중 대략 50여 편의 논문이 '텍스트 분석과 번역' 항목으로 분류되었다. 여기에 속한 논문들은 원문의 특정 요소를 어떻게 번역하는가의 문제(예 : 「문학 작품에 나타난 일본어 경어 표현의 번역 전략」, 5권 1호), 혹은 원문과 번역문의 비교 분석(예 : 「대장금 문화 단어 번역의 고찰」, 10권 2호) 등으로 다양하였다. 이러한 연구들 중 상당수는 대체로 언어학에서 차용한 개념들을 원문 텍스트나 번역문의 분석에 활용한 연구들로, 라드미랄이 기술 번역학 혹은 '대조언어학적 성향의 연구들'로 분류했던 담론들이다. 라드미랄은 이러한 연구들이 과거의 번역학에 속한다고 평하였으나, 사실 국내 번역 담론에서 이러한 대조언어학적, 기술적 연구들이 여전히 큰 비중을 차지하고 있음은 부정하기 어려워 보인다. 특히 개별 언어권 내부에서 진행되는 연구들의 상당 부분은 언어학 전공자들의 대조언어학적 분석 작업이 차지하고 있을 것임을 쉽게 추측할 수 있다. 특히 번역학이 별도의 연구 공간을 확보하고 별도의 학문 코드를 부여받은 것이 비교적 최근의 일이고, 번역학이 학제상 여전히 '(응용)언어학'의 하위 분야로 분류되는 경우가 잦은 국내의 현실에서 당연한 결과이다. 번역학이 언어학으로부터 개념적 툴을 차용해 오고, 이를 번역 행위를 분석하는 도구로 활용하는 것 자체를 부정적인 것으로 보기는 어렵다. 번역학이 인지과학, 문학, 철학 등 다양한 학문들과의 학제적 소통을 지향하며 스스로를 학제적 학문으로 표방하고 있는 오늘날, 번역학의 언어학과의 협력은 빼놓을 수 없는 당면과제일 것이다. 그러나 '텍스트 분석과 번역'에 속하는 것으로 분류된 연구들에 대한 좀 더 치밀한 분석을 통하여, 해당 연구들이 번역 자체를 연구 대상으로 삼고 있는지, 혹은 번역을 단순히 언어학적 개념 틀을 검증하기 위한 도구로 삼고 있는지에 따라 추가적으로 구분하는 작업이 필요하다고 판단된다. 이러한 작업을 통해서만이, 기존의 대조언어학적 접근들이 번역학에 어떤 방식으로 기여하고 있으며 그 한계는 무엇인지를 명확히 밝혀낼 수 있을 것이다.

■ 번역 교육과 관련된 연구들이 비교적 많았다.

전체 논문에서 통역 교육과 관련된 연구를 배제한, 번역의 교육과 관련된 논문은 총 30여 편 정도였으며, 통역 교육과 관련된 총 10편의 논문을 포함시킬 경우, 통번역의 교육에 관한 논문은 대략 40편으로 전체의 20퍼센트에 이른다. 번역 교육 관련 논문들의 내용을 살펴보면, 번역 교과과정에 대한 연구(예 : 「번역 교과의 현실적합성 제고를 위한 일 고찰」, 10권 1호), 번역 교수법에 관한 연구(예 : 「번역 교수법과 번역 능력의 상관관계 연구」, 14권 1호) 등으로 다양하였다. 그런데 번역 교육 관련 논문들이 미디어 번역, 문학 번역 등 특정 장르 텍스트의 번역 교육을 다룬 경우도 있기 때문에 '번역 교육' 항목으로 분류되는 동시에 '장르별 번역'과 관련된 연구로도 볼 수 있다. 어쨌든 홈즈가 응용 번역학의 하위 범주로 간주했던 번역 교육, 넓게는 통번역 교육이 비중 있게 다루어지고 있음은 분명해 보였으며, 국내 통번역 교육기관의 급증, 영어영문학과를 중심으로 진행되고 있는 학부에서의 통번역 교육 도입 등에 힘입어 이러한 경향은 향후에도 지속될 것으로 예측된다.

■ 개념적, 이론적, 방법론적 연구들은 윌리엄스와 체스터만의 분류 기준으로 분류하기 어려웠다.

대략 11편 정도의 논문들은 12개 항목 중 그 어느 것으로도 분류하기 어려웠다. 분류 불가였던 논문들은 거의 대부분 특정 개념에 대한 이론적, 사변적, 방법론적 고찰을 담고 있는 연구들로 예를 들어 특정 개념에 대한 연구(예 : 「번역에 있어서 효과의 등가성과 번역 손실」, 3권 1호), 특정 저자의 이론 소개(예 : 「원문 분석에서 Jespersen과 Nida」, 7권 1호), 연구방법론에 관한 연구(예 : 「최근의 번역학 연구방법론에 대한 일 고찰」, 9권 1호) 등을 언급할 수 있다. 이러한 연구들은 수적으로 많다고 볼 수는 없으나, 윌리엄스와 체스터만의 분류 기준이 명백히 간과하고 있는 번역학 연구의 한 흐름을 상기시켜 준다는 점에서 의미심장하다. 홈즈의 지도에서 '순수 이론'의 범주로 분류될 만한 이러한 논의들은 번역학을 '경험과학'으로 규정하는 홈즈, 투리, 체스터만을 거치면서 그 의미가 상당히 축소된 것이 사실이다. 그러나 앞서 언급한 바와 같이,

경험적 방법만으로 다루기 어려운 문제들, 예를 들어, 번역의 역사, 번역 윤리, 번역과 정체성의 문제 등에 대한 연구들이 대체로 미비한 것을 감안할 때, 오늘날의 번역학이 번역의 문제를 구성하는 중요한 부분을 간과하고 있는 것은 아닌지 생각해 볼 일이다.

■ 윌리엄스와 체스터만의 분류 기준은 연구방법론적 측면에 대한 정보를 주지 못한다.

위에서 지적한 사항과의 연장선상에서 생각해 볼 때, 윌리엄스와 체스터만의 분류 기준은 해당 연구들이 어떤 방법론을 통하여 수행되었는지에 대한 정보를 주지는 못한다는 점이 한계로 드러났다. 예를 들어 번역의 역사라는 동일한 주제를 연구한다 하더라도, 이를 경험적 방법으로 연구할 수도 있을 것이고 개념적, 철학적 방식으로 접근할 수도 있을 것이다. 국내 번역학 연구 동향을 파악하는 작업에서, 어떤 방법론이 주로 선택되는가의 문제 역시 중요한 부분임을 감안할 때, 그러한 측면을 감안한 별개의 기준이 마련되는 것이 필요해 보인다.

4. 끝말

이 장에서는 국내의 번역학 연구의 경향을 파악하는 작업의 준비 단계로, 1997년부터 2010년까지 번역학 전문 학술지인 『통번역학 연구』에 게재된 논문들을 윌리엄스와 체스터만의

12개 연구 분야에 따라 분류해 보았다. 그 결과 『통번역학 연구』에 주로 어떤 주제의 논문들이 실렸으며, 어떤 분야가 상대적으로 소홀히 다루어져 왔는지를 대략적으로 파악할 수 있었다. 통역에 관한 연구, 원문 텍스트와 번역 텍스트의 대조 분석 연구, 번역 교육에 관한 연구들의 비중이 높았던 반면, 번역의 역사, 번역 윤리, 테크놀로지 등을 주제로 하는 연구들이 차지하는 비중은 극히 낮았다.

한편 윌리엄스와 체스터만이 제시한 12개 연구 분야를 기준으로 삼아 대체로 많은 연구물들을 효율적으로 분류할 수 있었으나, 개념적, 사변적, 철학적 성격의 연구들, 통번역을 통합적으로 다루는 연구들을 분류하지는 못했으며, 통역 관련 연구들의 경우 좀 더 세분화된 분류 기준이 필요함이 드러났다. 또한 개별 연구들이 채택한 방법론에 대한 정보를 줄 만한 별도의 기준이 필요함을 확인하였다.

이상의 결과만으로 『통번역학 연구』가 어떤 성격의 학술지이며, 더 나아가 한국의 번역학이 어떻다고 성급하게 결론지어서는 안 될 것이다. 그러나 『통번역학 연구』에 실린 논문들의 분류 결과를 토대로 조심스럽게 유추하건대, 현재의 국내의 번역 담론은 원문과 번역문의 텍스트 대조 분석을 토대로 한, 라드미랄의 용어를 빌리자면 '과거의 번역학'과, 통역, 번역 교육 등에 대한 경험과학으로서의 '미래의 번역학'의 초기 단계가 공존하고 있는 것처럼 보인다. 반면, 라드미랄이 과거의 번역 담론으로 규정했던 철학적, 사변적 담론들은 국내 번역학의 중요한 화두는 아닌 것처럼 보인다. 그런데 과연 무엇이 과거의 담론이며 무엇이 다가올 미래의 번역학이어야 하는가? 번역학이 경험과학이어야 한다는 신념은 과연 타당한가? 국내 번역 담론들은 라드미랄의 말대로 점차 대조언어학적 담론에서 귀납적, 과학적 담론으로 이행해 갈 것인가?

그런데 우리는 여기서 하나의 역설을 만나게 된다. 위에서 던진 것과 같은 물음들, 다시 말해 번역학의 궁극적인 지향이 무엇이어야 하며, 어떤 영역을 포괄하여야 하는지, 더 나아가 번역학이 현재 사용하고 있는 연구방법들이 타당한지, 번역학은 경험세계를 기술하고 이를 토대로 일반 원칙을 도출하는 것을 최우선 목표로 삼는 경험과학이어야 하는지 등의 물음에 대한 답은 텍스트 대조 분석을 통해서도, 경험과학적 연구를 통해서도 얻을 수 없다는 것이다. 오히려 경험과학으로서의 번역학이 배제하고자 하였던 사변적, 개념적, 철학적 성찰들을 통해서만이 우리는 번역학 자체를 대상으로 하는 이러한 인식론적 물음들에 대한 답의 방향을 구할 수 있는 것이다. 어쩌면 이것이야말로, 국내 번역학의 경향을 파악하고 향후 번역 담론이 나아갈 길을 모색하기 이전에 우리가 고민해야 하는 작업인 것이다.

기존의 추상적, 사변적 번역 담론으로부터 벗어나 번역과 실무 간의 간극을 좁히고 실무자들의 경험을 번역학 안으로 끌어들이는 데 기여했던 구체적, 실무적 담론들을 꾸준히 개진해 가는 한편, 번역 담론 전반에 대한 메타적 고찰과 반성이 병행되어야 할 것이다. 본 연구가 그러한 담론을 촉발하는 데 기여하기를 고대해 본다.

제2부

기존 이론에 대한 비판적 고찰

제3장

스넬 혼비의 '통합적 접근' 및 학제성 개념 고찰

1. 들어가는 말

번역학이 신생학문으로서 토대를 마련하던 1960-70년대에는 번역학이 학문적으로 '독립'하는 것이 큰 화두였다. 번역에 대한 체계적이고 이론적인 논의의 토대를 마련한 나이다와 홈즈 등의 연구는 따라서 번역학이 타 학문의 종속학문(sub-discipline)이 아닌 독립적인 연구 영역임을 인정받기 위한 초기 노력의 일환으로 이해된다. 이후 40여 년 동안 성장을 거듭하면서, 번역학은 독립된 학문으로서의 면모를 갖추어 나가고 있음이 분명하다. 그리고 이러한 성장의 과정에서 근래에는 번역학의 '학제성(interdisciplinarity)'에 관한 논의가 그 어느 때보다도 활발하게 이루어지고 있다.

사실 번역학을 '학제적 학문'으로 규정하는 것이 새로운 일은 아니다. 이미 오래전부터 번역학은 많은 학자들에 의해 '학제적' 성격을 가진 것으로 간주되어 왔다. 그러나 특히 1990년대 이후 번역학의 학제적 성격이 특별히 강조되기 시작하였으며, 이러한 경향은 오늘날까지도 이어지고 있다. 번역학이 다양한 학문들이 교차하는 지점에 있음을 나타내기 위한 표현들은 저자마다 다르다. 그러나 어떤 개념을 사용하든, 결국 위의 개념들이 말하고자 하는 바는, 번역을 대상으로 하는 연구는 단일 학문의 테두리 내에서 충분히 연구되기 어렵다는 사실이다. 다시 말해, 번역 현상의 복잡다단함을 연구하는 것이 번역학이라고 전제한다면, 그러한 복잡다단함을 연구하기 위해서는 기존 학제들 간의 경계선을 넘어서는 초학제적이고 통합적인 접근이 필요하다는 점에 관해 상당한 동의가 이루어졌음을 시사하는 것이다.

학제적 학문이란 무엇이며, 학제성이란 무엇인가? 일반적으로 '학제적'이라 함은 두 개 이상의 전문분야에 걸친 학문상의 영역 및 그와 같은 영역의 연구에 관여하는 여러 학문의 협동 및 협업(協業) 관계를 의미한다. 사실 과거의 학문 분류 틀이 오늘날의 연구 상황에 맞지 않음은 어찌 보면 당연한 것이며, 따라서 오늘날의 많은 학문들이 학제성을 표방하고 또 실제로 그 내용이 상당 부분 학제적 차원에서 이루어지고 있는 것 역시 놀라운 일은 아니다. 비교적 짧은 역사를 가지고 있는 번역학 역시, 그 연구 영역과 컨텐츠를 새로이 구축해 가고 있는 과정에서 기존의 학제 틀을 넘어서서 고유의 학문성을 확보해 나가고자 하는 것은 어찌 보면 당연한 것이다.

그러나 실제로 번역학이 학제적 학문이라는 언명이 어떤 맥락에서 시작되었으며, 그것이 연구의 방식에 어떻게 반영되고 있는지에 관한 구체적인 성찰은 빈곤해 보인다. 번역학의 학제성에 대한 논의가 국내 상황에서 어떻게 실천될 수 있는지의 문제 또한 간과되고 있는 것이 사실이다. 바로 여기에 번역학이 학제적 학문이라는 언명이 이상주의적인 구호나 공허한 울림으로 끝날지도 모른다는 우려의 근거가 있다.

따라서 이 장에서는 번역학의 학제성에 관한 논의를 활성화시키기 위한 작업으로, 먼저 번역학의 학제성에 대한 고찰의 출발점에 위치해 있는 스넬 혼비의 '통합적 접근'[1] 및 '학제성' 개념을 중점적으로 살펴보고, 이러한 개념이 국내의 번역학 연구에 어떤 시사점을 줄 수 있는지를 고찰해 보기로 한다.

2. 스넬 혼비의 '통합적 접근' 개요

오늘날 번역학에서 개진되고 있는 학제성 개념을 둘러싼 논의들을 거슬러 올라가 보면, 그 출발점에 스넬 혼비가 있다. 1988년 출판되고 1995년 재판된 그녀의 주저 『번역학: 통합적 접근』을 한마디로 요약하자면 "번역학이 다양한 분야를 아

1) Snell-Hornby, *Translation Studies: An Integrated Approach*, 1995 (1988).

우르는 통합적인 방식으로 접근되어야 한다"는 것이다. 이 책의 서문에서 우리는 당시 번역학계에 대한 스넬 혼비의 선명한 문제의식을 읽을 수 있다. 스넬 혼비는 "지난 2000년간 진행되어 온 번역에 대한 이론적 논의는 예술작품의 번역에만 국한되어 있었으며, 반면 새로이 성립된 번역학(translation science, 혹은 translatology)에서는 문학 번역을 배제한 번역만이 소위 과학적 접근의 대상이 될 수 있는 것으로 간주하고, 이에 국한되어 왔음"을 통탄한다.[2] 한마디로 번역학이 새로운 학문으로 표방되고 구획되었음에도 불구하고, 문학 번역과 비(非)문학 번역을 두루 포괄하지 못하고 있음을 문제로 지적한 것이다. 그렇다면 문학 번역에 관한 논의와 비문학 번역에 관한 논의 간의 간극은 과연 어디에서부터 비롯된 것인가? 스넬 혼비는 이러한 이분법의 뿌리를 슐라이어마허에서 찾는다. "저자를 독자에게로 데려가느냐, 독자를 저자에게로 데려가느냐"라는 이분법[3]으로도 유명한 슐라이어마허는 예술적 번역(오늘날의 문학 번역)과 상업적 번역(일반 번역이나 전문 번역)을 명확하게 구분하고, 각각의 번역은 서로 다른 방법론을 필요로 함을 강조하였다.[4]

---

2) 같은 책, p.1.

3) 핌 역시 번역학에서의 이분법적 관점이 슐라이어마허로부터 출발한다는 점을 지적하고 있다. 핌의 슐라이어마허 비판은 다음을 참고한다. Pym, *Pour une éthique du traducteur*, 1997, pp.19-41.

4) 슐라이어마허의 원전은 1813년 독일어로 발표되었으며, 이 글에서는 1999년 베르만이 번역하여 출간한 프랑스어본을 참고하였음을 밝혀

> 예술 및 학문의 분야에는 활자(번역)가 적합하며, 활자를 통해서만이 작품이 영속적으로 존재할 수 있다. 학문적 혹은 예술적 작품을 구두로 옮기는 것은 무의미할 뿐 아니라 불가능한 일이다. 반면, 비즈니스의 경우, 활자는 하나의 수단으로만 사용된다. 여기서는 구두로 옮기는 것이 중요하며, 설령 활자로 옮기더라도, 그것은 구두로 옮긴 말을 그대로 받아 적는 것에 불과하다.

오늘날의 상황에 대입하기에는 상당히 무리가 있어 보이는 위의 주장이 옳은지 여부에 대한 논의는 일단 접어 두기로 하자. 단지 위에서 보는 바와 같이 슐라이어마허는 예술 및 학문의 분야에는 번역이 적합하고, 상업의 분야에는 통역이 적합하다고 보았다. 그리고 전자가 엄밀한 의미에서의 번역(translation proper)이라고 보았으며 후자는 단순한 통역(mere interpreting)으로 폄하하였다. 물론 스넬 혼비가 지적하듯, 여기서의 통역이란 오늘날의 국제회의 통역을 의미하는 것이 아니라, 상용문서의 일상적 통역 번역을 의미하는 것이다. 그러나 스넬 혼비는 슐라이어마허가 후자인 'mere interpreting'의 영역을 세속적(mundane)이고 기계적(mechanical)인, 학문적 가치가 없는 영역으로 치부하였음에 주목한다.[5] 문학 번역이나 예술 번역의 영역만이 진정한 번역 연구의 범주에 포함된

둔다. Schleiermacher, A. Berman trans., *Des Différentes Méthodes du Traduire et Autre Texte*, 1999(1813), p.35.

5) Snell-Hornby, *The Turns of Translation Studies*, 2006, p.7.

다는 인식이 출발하는 지점이라고 볼 수 있다. 그리고 스넬 혼비가 지적하듯, 이러한 인식은 오늘날에도 완전히 불식된 것으로 보기 어려우며, 언어학을 기반으로 하여 번역학에 접근하는 학자들과, 문학(주로 비교문학)을 토대로 하여 번역학에 접근하고자 하는 일군의 학자들 간에는 여전히 간극이 존재한다. 바로 여기에서 통합적 접근(integrated approach)의 필요성이 제기되는 것이다. 저자가 통합하고자 하는 것은, 비록 기타 분야가 열거되어 있기는 하지만, 결국 문학 번역과 비문학 번역이다. 그리고 그녀의 지적은 1980년대 유럽의 상황을 토대로 하고 있음에도 불구하고 오늘날 국내 연구의 상황과 맞아떨어지는 듯이 보인다. 국내의 번역 담론에서도 실용 번역의 영역과 문학 번역의 영역은 번역학 내부에서 각각 별개의 영역으로 간주되고 있다. 문학 번역의 영역은 실무적이고 경험적인 연구를 지향하는 번역학자들의 연구 영역에서 종종 배제되고 있으며, 다른 한편으로 문학 번역에 대한 연구는 실용 번역을 논외로 하고 있다.

스넬 혼비는 이렇듯 영역별로 분산되어 진행되어 온 이론적 논의들을 '번역학'이라는 상위 범주 속에서 하나로 통합하는 작업이 무엇보다도 필요하다고 판단한다. 그리고 이렇게 다양한 분야의 번역을 한데 아우르는 독립적인 학문으로서의 번역학의 컨텐츠에 대한 고민이 필요함을 역설한다.

The demand that translation studies should be viewed as an

independent discipline has come from several quarters in recent years …. Up to now however, no substantial attempt has been made to specify the content of such *an independent discipline which would include both literary and special language translation.*

최근 몇 년 동안 번역학을 독립학문으로 간주해야 한다는 목소리가 각지에서 들려 왔다. 그러나 현재까지는 **문학 번역과 전문 번역을 모두 포괄하는 이 독립학문**의 내용이 무엇이어야 하는가를 규정하고자 하는 의미 있는 시도는 없었다.[6)]

번역학이 언어학이나 문학의 하위 분야로 인식되지 않고, 독립된 학문으로서의 정체성을 확보하려면, 번역학의 컨텐츠는 문학의 영역에서 다루어지는 문학 번역과, 언어학의 영역에서 다루어지고 있었던 비문학 번역의 영역을 모두 아우르는 것이어야 한다는 것이 스넬 혼비의 주장의 핵심이다. 그리고 기존의 범주 구분 방식을 재고하고, 번역의 특정 형태가 아닌 번역 전체를 포괄적으로 접근하는 '통합적 접근'을 그 대안으로 제시한다.[7)] 이를 위하여 스넬 혼비는 기존의 경직된 텍스트 유형론(typology)에서 벗어난 새로운 분류 틀로 일명 원형론(prototypology)을 제시한다. 스넬 혼비에 따르면 원형론이란 "명확하게 구분 짓고 분리하는 것을 목표로 하는 유형론과

6) Snell-Hornby, *Translation Studies: An Integrated Approach*, p.2. 강조는 필자.

7) 같은 책, p.25.

[표 2] 스넬 혼비의 통합적 접근8)

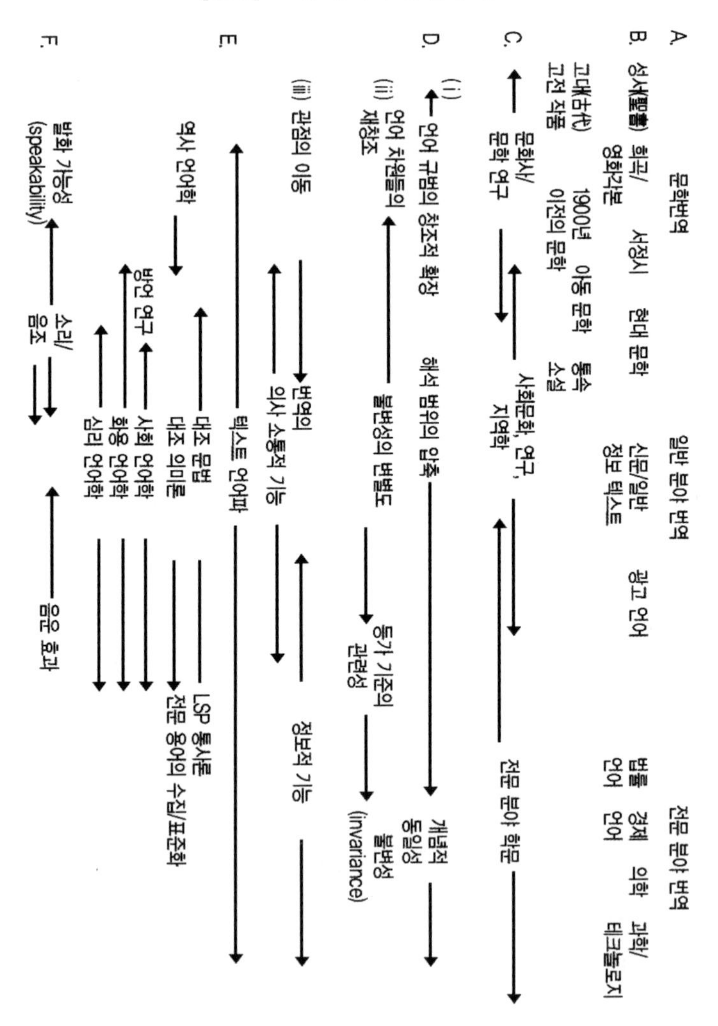

8) Munday, 정연일 · 남원준 옮김, 『번역학 입문: 이론과 적용』, 2006, p.263.

는 달리, 경계선과 경직된 구획이 아닌 스펙트럼(spectrum)으로 이루어진 체계"를 말하는 것이다.[9] [표 2]를 통하여 통합적 접근 개념을 한눈에 볼 수 있다.

[표 2]에서는 문학 번역과 비문학 번역을 분리하는 대신, 문학 번역, 일반 분야 번역(General Language Translation), 전문 분야 번역(Special Language Translation)이 하나의 가로축에 스펙트럼처럼 위치한다. 그리고 세로축에는 가장 일반적이고 거시적인 층위로부터 가장 구체적이고 미시적인 층위들이 열거되어 있다. 여기서 중요한 것은 경계선이 아닌 화살표를 통하여 단계가 표시되어 있다는 점, 왼쪽 끝의 문학 번역과 오른쪽 끝의 과학 기술 분야의 번역이 하나의 축 위에 스펙트럼으로 표시되어 있다는 점이다.

결국 스넬 혼비가 '통합적 접근'을 통해 넘어서고자 했던 것은 슐라이어마허로부터 비롯된 문학 번역과 비문학 번역 간의 단절이다. '통합적' 접근이란, 문학 번역뿐 아니라 기타 번역의 실무 및 이론에 공히 적용 가능한 개념이나 방법론들을 번역의 종류에 구분 없이 통합적으로 살펴보자는 것이다. 스넬 혼비의 통합적 접근은 번역학이라는 하나의 우산 속으로 서로 다른 번역 연구들을 통합하려는 시도라는 점에서 큰 의미가 있다. 이는 독립적 학문으로의 번역학이 전문 번역, 혹은 문학 번역 등의 특정 분야에 스스로를 가두지 않고, 문화 연

9) 같은 책, p.31.

구, 언어학, 기타 전문 분야 등과의 역동적인 관계 속에서 번역이라는 복잡다단한 현상을 총체적으로 접근함으로써, 자체적인 연구 영역을 확보해 나가야 함을 시사하고 있다.

이상으로 우리는 스넬 혼비의 통합적 접근 개념의 내용을 간략하게 살펴보았다. 번역의 다양한 영역들을 경계선이 아닌 스펙트럼으로 바라보며 통합적 접근을 시도한 스넬 혼비의 연구는 학제적 학문으로서의 번역학에 대한 관심의 계기를 마련했다는 점에서 큰 의의를 가진다.

3. '통합적 접근'에 대한 비판

위에서 언급한 번역학사적 의의에도 불구하고 스넬 혼비의 '통합적 접근'에는 몇 가지 한계가 있다. 특히 먼데이는 스넬 혼비의 접근이 "거의 전적으로 독일의 이론에 기반을 두고 있다"고 지적하며 그 한계들을 조목조목 짚고 있다.[10)]

먼데이의 장황한 비판은 다음의 두 가지로 요약된다. 첫째, 여전히 분류상의 문제가 남는다는 것이다. 예를 들어 스넬 혼비의 표에 따르면 신문은 일반 번역의 영역에 속하는 것으로 되어 있다. 그런데 '신문'은 늘 일반 번역에 속하는가? 혹은 발화 가능성은 늘 문학 번역에서만 제기되는 문제인가? 등의 비판이 그것이다. 그러나 이 대목은 어떤 의미에서는 먼데이

10) 같은 책, pp.262-266.

가 그녀의 원형론 개념을 명확히 이해하였는가에 대한 의구심이 들게 한다. 먼데이는 원형론을 토대로 한 그녀의 통합적 접근을 여전히 유형론 차원에서 접근하고 있는 것으로 의심되기 때문이다.

스넬 혼비의 원전으로 되돌아가 그녀가 분류의 원칙으로 삼은 원형론 개념에 대한 설명을 좀 더 살펴보자. 스넬 혼비에 따르면 원형론 개념은 최초로 엘리노 로시(Eleanor Rosch)의 심리학에서 출발하여, 라코프(Lakoff)에 의해 언어학에 응용된 개념이다. 명백한 경계선으로 나누어져 있는 유형론 개념과는 달리, 이는 인간의 범주화 작업이 '원형'을 기준으로 이루어지며 이 원형은 사회문화적 요소들에 의해 규정된다는 점을 강조한 것이다. 다시 말해 인간의 범주화 작업은 사회문화적 영향으로 서로 다르게 이루어지며, 따라서 어떤 사회, 어떤 문화에 속하느냐에 따라 각 유형별로 다른 원형이 설정된다는 것이다.[11] 최초로 번역 텍스트 유형론을 제시한 라이스[12]의 텍

11) Snell-Hornby, *Translation Studies: An Integrated Approach*, pp.26-31.

12) 라이스는 언어의 기능을 'representation', 'expression', 'appeal' 등 세 가지로 분류한 뷜러의 오르가논 모델을 토대로 하여, 각각의 기능별로 'informative', 'expressive', 'operative' 등 세 가지 텍스트 타입으로 정리하고 각 텍스트 타입에 따라 그 기능을 최적화하는 방식으로 번역되어야 한다고 주장한다(Reiss, E. Rhodes trans., *Translation Criticism－The Potentials & Limitations: Categories and Criteria for Translation Quality Assessment*, 2000(1971)).

스트 유형의 경직성을 스넬 혼비가 비판한 것도 그러한 맥락에서이다. 다시 말해, "셰익스피어의 소네트도 전문용어를 포함하고 있고, 경제 텍스트도 메타포를 가지고 있다"는 것이다.[13] 역설적이게도 먼데이가 그녀에게 했던 것과 동일한 지적을 그녀는 라이스에게 가하고 있는 것이다. 따라서 스넬 혼비가 각 번역 영역별로 제시한 텍스트 타입은 하나의 원형으로 이해되어야 하며, 특정 분야의 원형이 사회문화적으로 규정된다면, 그녀의 도표 역시 좀 더 유연하게 이해되어야 한다. 다시 말해 각각의 분야별 원형은 사회문화적 요소에 따라서 변동될 수 있는 것으로 이해되어야 하는 것이다.

먼데이의 두 번째 비판은 그녀가 말하는 학제성 개념이 실은 모두 텍스트 분석 차원으로 환원된다는 점이다. 즉, 통합적 접근의 대상으로 문화학이나 사회문화 연구 등이 언급되었으나 이러한 학문 분야 역시 결국에는 텍스트 분석을 위한 도구로 활용되고 있을 뿐, 그 외의 다양한 방식의 협력이 모색되지는 않았음을 지적한다. 한마디로 텍스트 유형론을 중심으로 하는 독일의 번역학에서 벗어났다고 보기 어렵다는 것이 먼데이의 생각이다.[14] 이러한 지적은 어느 정도 일리가 있어 보인다. 실제로 위의 도표에서 다양한 번역의 영역을 포괄하고, 번역학과 연계 가능한 문학, 언어학, 문화 차원이 하나의 틀로

13) Snell-Hornby, *Translation Studies: An Integrated Approach*, p.30.
14) Munday, 앞의 책, p.266.

제시된 것은 사실이나, 어찌 보면 이들은 번역학이 기존에 관계 맺고 있던 학문 영역들과의 관계망을 하나의 틀로 정리하여 제시한 것일 뿐, 그 다양한 협력의 방식이 구체적으로 제시된 것으로 보기는 어렵다. '통합적 접근'이 실질적인 학제적 협력에 대한 구상으로 이어지려면 몇 단계가 더 남아 있는 듯이 보인다.

4. 개념의 확장: 통합에서 학제성으로

1988년 번역학의 향후 연구 방향으로 '제안'되었던 통합적 접근에 새로운 계기가 마련된 것은 1994년 한 권의 책이 발간되면서이다. 1992년 빈(Wien) 대학교의 통번역연구소(Institute of Translation and Interpreting)가 개최한 국제학술대회에서 발표된 논문의 일부를 『번역학: 학제적 학문』[15]이라는 제목으로 펴낸 이 저서는 번역과 문화, 역사(제1부), 빈의 학제적 연구 프로젝트(제2부), 통역 이론 및 교육(제3부), 전문 용어 및 전문 번역(제4부), 번역 교수법 및 교육(제5부) 등 총 5개 파트로 구성되어 있다. 그런데 비로소 '학제적 학문'이라는 말이 표방되나, 여전히 다양한 분야에서 다양한 방식으로 진행되는 연구들이 나열되어 있을 뿐, 이들 간의 유기적 협력이 구체적

15) Snell-Hornby, Pöchhacker, Kaindl, *Translation Studies: An Interdiscipline*, 1992.

으로 어떤 방식으로 이루어졌는지를 확인하기는 어려운 상태이다. 단지, 서문에서 저자가 지적하듯, 기존 번역학에서 지배적이었던 언어학적 접근의 비중이 크게 줄고, 그 외 다양한 분야들이 번역학적 논의에 참여했다는 점이 특기할 만하다.[16] 후에 스넬 혼비는 실제로 '학제적 학문'이라는 말이 번역학에서 본격적으로 사용된 것이 바로 이 빈 학회에서이며, 이를 제안한 것은 투리였다고 밝힌다.[17]

이후 스넬 혼비는 1988년 발행된 주저 『번역학: 통합적 접근』의 재판 발행(1995) 때 추가된 「번역학의 전망(Translation Studies: Future Perspectives)」이라는 글에서, 학제적 학문의 개념을 다음과 같이 간략하게 설명한다.

> Translation studies (which in our definition covers translation and interpreting) is written with capital letters, but the separate discipline, given the large number of subjects with which it overlaps, is now viewed by some, including myself,

---

16) 다양한 학자들이 참여하였음에도 불구하고, 독일어권의 저자가 대거 소개되어 있으며, 총 44편의 논문 중 17편이 독일어 논문이라는 점은 이 저서 역시 독일어권에서 진행된 번역학적 논의에 편중되어 있다는 의혹으로부터 자유롭지 못함을 보여주고 있다.

17) "It was Gideon Toury who first pointed out to me that such a complex field should rather be described, not as a discipline, but an interdiscipline, which was then adopted as the key-word of the Vienna Translation Studies."(Snell-Hornby, *The Turns of Translation Studies*, p.71)

as an 'interdiscipline'.

(우리가 통역과 번역을 포괄하는 개념으로 사용하는) 번역학은 대문자로 쓰인 학문이나, 번역학이 포괄하는 다양한 주제들을 감안하여, 나를 포함한 혹자들은 번역학을 학제적 학문이라 부른다.[18]

그러나 학제적 학문으로서의 번역학의 면모는 여전히 막연하게 언급되는 수준에 머물러 있다. 번역학에서 진행되어 온 학제적 연구의 내용이 좀 더 구체적으로 제시된 것은 스넬 혼비의 2006년 저서에 이르러서이다. 번역학 성립 초기부터 시작하여 1980년대, 1990년대의 주요 경향을 정리한 이 저서에서 스넬 혼비는 1990년대의 번역학을 요약하는 키워드로 주저 없이 '학제적 학문(interdiscipline)'을 선택한다. 그리고 여기에서 비로소 학제적 연구의 구체적 컨텐츠들이 소개되기에 이른다. 스넬 혼비가 1990년대 번역학의 학제성을 어떻게 이해하였는지를 잠시 살펴보고자 한다.

스넬 혼비는 1990년대 번역학 내부에서 진행되어 온 학제적 연구를 크게 다음과 같은 세 가지로 핵심어로 요약한다.

첫째는 언어를 넘어선(beyond language) 연구들이다. 여기서는 투리와 독일 기능주의를 중심으로 전개된 번역 규범(norms) 관련 논의들, 페어메어(Vermeer)와 그의 뒤를 이은 체스터만의 연구들, 그리고 여기서 파생된 번역 윤리에 대한

18) Snell-Hornby, *Translation Studies: An Integrated Approach*, p.131.

연구들 등을 예로 든다. 이 밖에도 인류학이나 심리학, 사회학에서 진행되어 온 비언어적 커뮤니케이션 등을 번역학에 적용한 연구 등이 소개된다. 이는 번역학 연구의 영역이 1990년대 들어 크게 확장되었으며, 타 학제와의 협력도 더욱 구체적인 방식으로 진행되었음을 의미하는 것으로 이해된다.

둘째, 번역을 바라보는 제국주의적 시각(imperial eyes)에 대한 연구들이 1990년대 학제간적 번역학 연구의 두 번째 축을 이룬다. 여기서 '제국주의적'이라는 말은 중의적으로 사용되었는데 제국주의 시대의 번역의 역할 혹은 영향에 관한 연구를 주 내용으로 하는 탈식민주의 번역 이론(post colonial translation) 관련 연구와, 남성의 여성에 대한 '제국주의적' 시각이 번역을 통하여 어떻게 드러나는지를 천착하는 번역과 젠더 연구(gender translation) 등이 여기에 속한다. 이는 번역학과 인류학, 문화 연구 등의 공조 속에서 진행되었다는 의미에서 분명 학제성을 가지는 연구들이다.

셋째는 독자의 문제에 천착한 번역학의 사조로, 원문의 독자로서의 번역사, 번역문의 독자 문제 및 비평의 문제를 다룬 일련의 연구들이 소개된다.

이렇듯 통합적 접근에서 출발한 스넬 혼비의 연구는 이제 번역학 내부에서 진행된 학제적 연구의 사례를 소개하는 단계에 이른다. 학제성에 관한 논의는 미래가 아닌 과거가 되었다. 다시 말해 번역학이 지향해야 할 바로서의 학제성이 아닌, 지난 1990년대에 실제로 시도되었던 다양한 접근들을 정리하는 키워드로서 제시된 것이다.

물론 이상의 분류 방식이 적절하며 완전한(exhaustive) 것인지, 그리고 이러한 분류가 보편성을 가지는지의 문제는 추가적으로 검토되어야 할 것이다. 위에서 제시된 학제적 연구들 중 어떤 주제들은 주로 특정 지역에 한정되어 개진된 경우가 많다. 규범 이론의 경우 독일어권을 중심으로 진행된 것이 사실이며, 젠더나 탈식민주의 등의 주제 역시 일정 정도의 지역성을 드러내는 것이 사실이다. 더욱이 위에서 언급된 연구 주제의 대부분이 국내 번역학계에서는 아직 생소한 내용들이다. 그러나 이상의 주제들은 분명 그 중요도나 시대적 의미 차원에서 볼 때, 번역학계 전체에 일정 정도의 영향을 끼쳤음을 부정할 수 없다. 더욱이 이 글의 목표는 각각의 내용을 상세히 논하는 것이라기보다는 스넬 혼비에게서 학제성 개념이 어떻게 발전하여 왔는지를 이해하는 것이다. 분명한 것은 그녀가 1990년대 이후 번역학이 실제 '학제적'으로 접근되었음을 확인하고 있으며, 그 다양한 영역들이 구체적으로 제시되기에 이르렀다는 사실이다.

5. 끝말

이 장에서는 스넬 혼비의 '통합적 접근' 개념을 분석하고 그 한계점을 지적해 보았다. 그리고 그녀가 이후 1990년대의 학제적 연구를 어떤 방식으로 정리하는지를 살펴보았다. 이제 우리는 그녀의 제안을 좀 다른 차원에서 바라보고자 한다. 왜냐하면, 위에서 언급한 바와 같이, 스넬 혼비의 분류 방식이 세부적으로 옳고 그른가를 판단하는 것보다는 '이러한 방식의 접근이 유의미한 것인가, 국내의 번역학 연구에 적용될 수 있는가'라고 질문하는 것이 더욱 근본적이라고 보기 때문이다.

여기서 우리가 간과하지 말아야 할 사실은 번역학 내부에서 개진되어 온 학제적 연구들을 소개하고 독려해 온 스넬 혼비의 반성은 전적으로 유럽의 시각을 토대로 하고 있다는 점이다. 그녀 자신이 언급하듯, 유럽에서는 1989년 정치적 전환기(political turn) 이후 통번역의 사회적 수요가 급증하였으며, 이와 함께 통번역학 역시 급속도로 성장하였다.[19] 따라서 이러한 특수한 상황적 요소에 영향을 받아 진행된 유럽의 번역학 발전 패러다임이 우리의 현실에 그대로 적용될 수 있을지에 대해서는 추가적 고찰이 필요하다는 것이다.

국내의 번역학은 충분히 학제적 학문으로서의 면모를 갖추었는가? 혹은 그러한 방향으로 나아가고 있는가? 다시 말해 타 학문으로부터 개념과 방법론을 수입하는 단계에서 벗어나 독립적인 학문으로서 타 학문과 대등한 관계에서 학제적 학문으로서의 위상을 굳히고 있는가?

이러한 질문들이야말로 현 시점에서 우리가 반드시 던져 보아야 할 질문들이다.

19) Snell-Hornby, *The Turns of Translation Studies*, p.69.

타 학문과 동등한 지위에서 협력하게 되는 단계로 진입하기 위하여 번역학에 필요한 것은 무엇인가? 번역학이 학문적 독립성을 확보하는 것이 절실하던 시대에는 번역학의 경계선을 만드는 일이 가장 중요하였다. 그러나 지금은 번역학이 다른 학문들과 어떻게 성공적으로 협력하느냐가 가장 중요한 화두로 등장하고 있다.

개별적인 영역에서 구축되어 온 이론적 논의들은 그 벽을 넘어서서는 쉽게 소통되지 않는다. 스타이너가 "번역은 해석이다"라고 말할 때 그가 생각한 번역의 개념은 텍스트의 이해와 해석을 포함하는 광의의 번역이며, 프랑스의 번역철학자 베르만이 "문자(lettre)를 번역해야 한다"고 말할 때, 그가 생각한 번역은 전적으로 문학 번역의 영역에 국한된 것이다. 번역 행위의 목적성에 관해 논한 노드(Nord)의 연구에서의 번역은 실용적이고 실무적인 번역을 의미한다. 한마디로 번역학의 서로 다른 연구 분야들은 서로 다른 언어를 구사하고 있으며, 이것은 소통의 장애, 혹은 학제적 협력의 지연을 유발하는 또 하나의 원인이 되고 있는 것이다.

이상에서 살펴본 바와 같이, 오늘날 극도로 다양한 학문 영역에서 다양한 주체에 의해서 번역이 연구되어 오고 있는 것은 사실이되, 이들 간의 진정한 의미에서의 '교류' 혹은 '협력'이 이루어지고 있는가에 대해서는 단정적으로 말하기 어렵다는 결론에 이르렀다. 스넬 혼비가 통합적 접근을 표방한 해로부터 20여 년이 지난 현재까지도 여전히 문학 번역과 비문학 번역 사이에는 넘을 수 없는 장벽이 가로막혀 있으며, 실무 경험을 바탕으로 한 번역학 연구자들과 인문학계에서의 사변적인 번역 담론들 간의 협력은 지극히 제한적으로만 이루어지고 있다. 따라서 이들 간의 간극을 메우는 것은 여전히 요원한 일처럼 보인다. 그러나 인문학과 자연과학 간의 '통섭'이 대세인 오늘날, 번역학이 진정한 학제적 학문으로 거듭나는 것은 학문의 발전에 절대적으로 필요한 일처럼 보인다.

번역학이 다양한 학문간의 '교차로' 혹은 접점에 위치해 있다는 주장은 교차로라는 위치가 가지는 이점이 무엇인지에 대한 구체적인 성찰이 없이는 공허한 구호로 끝날 위험이 크다. 이 글이 미약하나마 학제적 학문으로서의 번역학에 대한 고찰의 출발점으로서의 역할을 하게 되길 기대하며, 여기에서 제기된, 그러나 해결되지 않은 많은 문제들은 추후의 연구 과제로 남겨 두고자 한다.

제4장
해석 이론의 특징과 한계

1. 들어가는 말

해석 이론(Interpretive Theory of Translation)은 파리 통번역대학원(ESIT)[1] 소장학자들을 중심으로 발전되어 온 이론으로, 의미(sense)의 이해를 통번역 과정의 핵심으로 보고 있다는 점에서 '의미 이론(theory of sense)', 혹은 '의미 통번역론'으로 불리기도 한다. 해석 이론은 그 주요 이론서가 국내에도 번역되었을 뿐 아니라,[2] 프랑스어권의 어문학 전공자들, 혹은

1) Ecole Supérieur d'interprètes et de traducteurs.

2) 해석 이론 관련 주요 역서로는『번역의 오늘』(전성기 옮김, Lederer, *La traduction aujourd'hui*, 2001),『국제회의 통역에의 초대』(정호정 옮김, Seleskovitch, *Interpreting for International Conference*, 2002) 등을 들 수 있다.

ESIT에서 수학한 일군의 학자들에 의해 국내 번역학계에 꾸준히 소개되어 왔다.[3] 이러한 연구들은 대체로 해석 이론의 주요 개념들을 소개하는 데 초점을 맞추고 있으며, 개략적인 방식으로나마 프랑스의 주요 번역 담론 중 하나인 해석 이론가들의 목소리를 소개함으로써 영미권의 번역 담론이 주류를 이루고 있는 국내 번역학계에 나름의 학문적 기여를 했음을 부정할 수 없다. 통번역 행위를 전적으로 언어적인 것으로 바라보고, 언어학적 개념들을 통하여 통번역을 온전히 설명해 낼 수 있다는 믿음이 지배적이었던 1970년대의 상황에서, 통번역 행위가 단순히 텍스트 차원에서 설명될 수 없는, 상황 속에서 이루어지는 커뮤니케이션 행위라는 점을 부각시켰다는 점에서 해석 이론이 번역학사에서 가지는 역사적 의미는 간과될 수 없다.

그러나 해석 이론이 국내에 '수입'되고 소개되는 방식을 살펴보면서 하나의 의구심을 가지지 않을 수 없다.

해석 이론은 통역 실무를 토대로 통역의 인지적 과정에 대한 성찰을 그 출발점으로 하여 이후 실용 번역, 문학 번역으로 그 적용 영역을 확장한 이론이다. 그런데 국내에서는 이러한

3) 국내에서 해석 이론을 다룬 논문들 중 몇 가지를 언급하면 다음과 같다.

Lederer, "The Interpretive Theory of Translation: A Brief Survey", 『국제회의 통역과 번역』 창간호, 1999, pp.15-28; 이은숙, 「해석 이론과 등가에 관한 연구」, 『번역학 연구』 8(1), 2007, pp.245-261; 박두운, 「번역의 해석 이론」, 『불어불문학』 5, 1989, pp.33-48,

'통역 이론'으로서의 뿌리는 종종 간과된 채, 해석 이론은 거의 전적으로 번역 이론으로만 언급, 인용, 활용되어 왔다. 물론 오늘날의 해석 이론가들은 해석 이론이야말로 통역이나 실용 번역, 혹은 문학 번역 등 특정 분야의 설명에 국한되지 않는 이론이며, 모든 유형, 모든 장르의 통번역 현상을 설명해 줄 수 있는 보편적 이론이라고 주장한다. 그러나 이들의 주장과는 별개로 전적으로 해석 이론의 국내 수용 차원에서 볼 때, 통역 이론으로 출발한 해석 이론이 과연 실용 번역이나 문학 번역에도 적용 가능한 '종합적' 이론인가에 대한 충분한 반성 없이, 번역 이론으로 성급하게 수용되어 버린 감이 없지 않다.

이 연구의 목적은 해석 이론을 내부적으로 들여다보며 상세하게 소개하는 데에 있지 않다. 그 이유는 앞서 설명한 바와 같이 이미 다른 학자들, 특히 프랑스어권의 어문학 전공자들 중 번역에 관심을 가진 학자들을 중심으로 해석 이론의 주요 개념들은 이미 국내에 소개되어 있기 때문이다. 따라서 이 글에서는 해석 이론의 핵심적 개념들을 다시 한 번 검토해 보되, 그 이론적 출발 및 성장의 과정을 집중적으로 살펴보면서, 해석 이론이 종합적 통번역 이론으로서 얼마만큼의 설득력을 가지는가의 문제에 대해 집중적으로 성찰해 보고자 한다.

2. 해석 이론의 개요와 의의

오늘날 번역학계에서 주로 논의되는 기타 통번역 이론들과 비교해 볼 때, 해석 이론이 가지고 있는 가장 큰 특징은 아마도 통역 실무를 이론화하는 과정에서 형성되어 번역 이론으로 그 영역을 확장한 거의 유일한 이론이라는 점일 것이다. 앞서 언급한 것처럼 이는 국내 연구에서 종종 간과되고 있는 사실로, 비록 해석 이론의 창시자인 셀레스코비치(Seleskovitch)나 르데레르(Lederer)가 국제회의 통역사로서의 실무 경험을 이론화하여 해석 이론을 탄생시켰다는 점이 형식적으로는 언급되기는 하나, 이 점이 해석 이론에 구체적으로 어떤 영향을 미쳤는지에 관해서는 대부분의 연구들이 간과하거나 함구하고 있다.

사실 오늘날 번역학계의 주요 담론들은 명시적, 혹은 암시적으로 주로 번역(written translation)을 그 연구 대상으로 삼고 있으며, 더 구체적으로는 번역 중에서도 성경 번역, 문학 번역, 실용 번역 등 특정 분야의 번역을 그 뿌리로 삼고 있는 경우가 많다. 예를 들어 나이다의 '역동적 등가(dynamic equivalence)'[4] 개념은 성경 번역이라는 특수한 경험을 이론화하는 과정에서 도출된 것이며, 텔아비브 학파의 투리를 중심으로 한 기술 번역학은 주로 문학 번역의 영역을 성찰의 주요 대상으로 삼고 있다. 1990년대 이후 학제적 학문으로서의 번역학의 확장 과정에서 대두된 이데올로기, 탈식민주의 담론

---

4) Nida, *Towards a Science of Translating: With Special Reference to Principles and Procedures Involved in Bible Translating*, 1964.

등 역시 그 성찰의 영역을 주로 번역에 한정하고 있으며, 스타이너의 '해석학적 운동(hermeneutic motion)'[5]이나 베누티의 '이국화(foreignization)'[6] 역시 활자화된 텍스트를 대상으로 하고 있다. 스타이너의 경우는 주로 시공간을 달리하는 텍스트에 대한 해석의 운동에, 베누티의 경우는 '헤게모니적 언어에 맞서는 잔여적 언어를 통한 저항으로서의 번역'에 초점을 맞추고 있는 것이 다를 뿐이다.

이상에서 확인할 수 있는 바와 같이 번역학 내부에서 통역과 번역을 모두 아우르며 소위 종합적이고 '보편적'인 이론임을 스스로 표방하는 경우는 극히 드물다.

통역학의 영역에서 해석 이론과 양대 산맥을 이루고 있는 것으로 평가되는 이론으로, 흔히 독일의 스코포스 이론 및 통번역 행위론을 포괄하는 일반 통번역론을 꼽는다.[7] 통번역을 공히 하나의 목적(skopos)을 가진 행위(action)로, 통번역사를 그러한 행위의 전문가로 정의하는 독일의 일반 통번역론은 통번역 영역을 모두 포괄하는 보편적, 일반적 이론을 자처하고 있으나, 그 이론적 뿌리는 역시 번역 연구이다.[8]

이런 관점에서 볼 때, 해석 이론의 출발은 분명 남다른 데

---

5) Steiner, *After Babel*, 1975.

6) Venuti, *The Scandals of Translation*, 1998.

7) 정혜연, 『통역학개론』, 2008, p.42.

8) 스코포스 이론의 창시자인 페어메어(Vermeer)의 연구, 라이스의 텍스트 유형론 등은 통역에의 적용을 배제하지는 않으나 대체로 번역을 염두에 두고 있다.

가 있으며 특히 통역학사적 차원에서 해석 이론이 끼친 영향은 지대하다고 볼 수 있다. 사실 해석 이론의 출발점이라고 볼 수 있는 셀레스코비치의 「회의통역(L'interprétation de conférence)」이라는 제목의 논문이 발표된 1962년 당시만 해도 순차통역이나 동시통역이 학문적 연구의 대상이 될 수 있다고 생각했던 사람들은 극소수였다. 통역을 단순한 부호 전환(transcoding) 작업으로 간주하고, 이론적 논의는 주로 문학 영역에서 진행되는 문학작품의 번역에 대한 담론, 혹은 번역에 대한 언어학적 분석이나 설명이 주도하고 있었던 당시의 분위기에서는, 통역의 과정을 통역사에 의한 인지적이고 해석적인 작업(interpretive process)[9]으로 설명하는 해석 이론은 그 시도 자체가 파격적인 것으로 받아들여졌을 것이다. 실무 현장에서 전문 통역사로서 축적한 통역 경험을 체계화하고 이를 효율적으로 전수하고자 했던 셀레스코비치의 접근은 당연히 기존의 언어학이 사변적, 추상적으로만 인식하고 접근했던 부분, 즉

---

9) 물론 여기서의 '해석'은 '해석학(hermeneutics)'에서 말하는 해석이나, 자의적 이해와 표현의 의미는 아니다. 그러나 오늘날까지도 얼마나 많은 통역사들이 "이해하려 들지 말고 그냥 통역만 하라"는 주문에 당황하는가? Seleskovitch & Lederer가 1993년 펴낸 저서의 제목 『통번역을 위한 해석하기(*Interpréter pour traduire*)』는 이런 점에서 시사하는 바가 매우 크다. 통역 행위는 기계처럼 한 단어를 다른 단어로 대체하는 작업이 아니라 통역사가 자신의 인지적 지식을 주어진 발화에 적극적으로 융합시켜 의미를 도출해 내는 과정을 전제로 한다는 주장은 해석 이론의 핵심을 이룬다.

‘실제 통역의 과정’, 그리고 이를 토대로 한 ‘통역 교육’에 초점을 맞출 수밖에 없었다.

해석 이론가들은 통번역의 과정을 다음의 3단계로 설명한다.

첫째는 이해(comprehension)의 단계이다. 해석 이론가들은 통역이나 번역의 대상이 주어진 텍스트(여기서는 구어 형태의 발화도 포함)를 이루고 있는 언어적 요소가 아닌, 그 해당 텍스트에 담겨 있는 의미라고 본다. 따라서 통번역사는 자신의 체험, 언어적 지식, 스스로의 성찰 등을 통해 얻어진 인지적 축적물(cognitive baggage)을 동원하여 주어진 텍스트를 이해한다.

두 번째 단계는 해석 이론의 핵심적 개념을 이루는 탈언어화(deverbalization)의 단계이다. 탈언어화는 텍스트의 이해와 이해된 내용의 재표현 단계 사이에 위치하는 중간 단계를 설명하기 위한 개념이다. 통번역사는 주어진 텍스트의 의미를 도출해 내기 위해서 일차적으로는 텍스트를 이루는 언어적 요소들에 의지해야 하지만, 일단 의미가 도출되고 나면 단어들은 사라지고 ‘비언어적(non-verbal)’ 상태인 의미만이 남게 되는데 이러한 의미 도출의 과정을 탈언어화 과정이라 한다.

세 번째 단계는 재표현(reformulation)의 단계로, 앞서 탈언어화된 상태로 존재하는 의미를 최대한 도착어에 맞게 표현해 내는 것을 말한다. 여기서 해석 이론가들은 동일한 대상을 표현하는 방식이 언어마다 다르다는 점을 제유(synecdoche)의 차이를 통하여 설명하며, 언어마다 동일한 대상을 다른 방식으로 표현함을 감안하여, 담화 차원에서도 수용 언어의 독자들이 받아들일 수 있는 방식으로 재표현되어야 한다고 설명한다.

해석 이론가들이 제안한 개념들은 통번역을 언어 현상으로만 바라보던 기존의 사변적 언어학 개념들이 설명해 내지 못한 실제 통역의 과정을 적확하게 설명해 내는 훌륭한 개념적 도구들임을 부정할 수 없다. 이런 점에서 볼 때, 해석 이론이 특히 통번역 실무자들, 그리고 자신들의 실무 경험 외에 별도의 준비 없이 통번역 교육 현장에 투입되곤 하는 통번역 교사들로부터 큰 호응을 얻은 것은 놀라운 일이 아니다.

3. 해석 이론 확장의 3단계

문제는 통역 이론으로 출발한 해석 이론이 점차 실용 번역, 문학 번역의 영역으로 그 범위를 확장하는 과정에서 발생한다. 이 글에서는 편의상 해석 이론의 확장 과정을 크게 3단계로 나누어 살펴보고자 한다.

우선 제1단계는 통역 이론으로서의 출발 단계이다. 이는 국제회의 통역사였던 셀레스코비치가 자신의 실무 경험을 바탕으로 통역 교육을 시작한 1957년으로 거슬러 올라간다. 해석 이론이라는 명칭이 공식화된 것은 1970년대 말부터이지만, 셀레스코비치는 이미 1960년대부터 통역 교육을 통하여 자신의 내적 확신들을 수차례 교육 현장에서 검증해 볼 수 있었으며, 1970년 초부터 해석 이론의 토대가 되는 기본 원칙들을 논문 형태로 발표하기 시작한다.[10)]

해석 이론에 새로운 전기가 마련된 것은 1974년 ESIT에 박사과정[11)]이 개설되면서부터이다. 해석 이론의 제2기라 볼 수 있는 1970년대부터 1990년에 이르기까지, 해석 이론을 통역이 아닌 번역 영역에 적용한 일련의 학위 논문들이 발표되었으며, 바야흐로 통역 이론이었던 해석 이론이 '통번역 이론'으로 본격적으로 확장된다. 특히 ESIT에서 1978년 『번역 방법으로서의 담화 분석』이라는 제목으로 박사학위를 취득한 캐나다의 번역학자 들릴(Delisle)은 같은 제목의 저서를 1980년에 출간하면서, 비네와 다블네의 『영불비교문체론』[12)]으로 대표되는 해석 이론 이전의 비교언어학적 접근에 반기를 들고, 해석 이론을 번역 이론으로 확장하는 데 결정적인 역할을 수행하게 된다. 이후 듀리유(Durieux)[13)]는 해석 이론을 토대로 한

---

10) 이 시기에 발표된 주요 저서로는 『국제회의 통역사, 언어와 소통의 문제(*L'interprète dans les conférences internationales*)』를 들 수 있다(Minard Lettres Modernes).

11) ESIT의 박사과정은 처음에는 통역과 번역과학(science de l'interprétation et de la traduction)이라는 명칭으로 개설되었으나 이후 번역학(traductologie)이라는 명칭으로 바뀌었다(Ballard(ed.), *Qu'est-ce que la traductologie*, 2006, p.42).

12) 이 책은 2003년 『불어와 영어의 비교문체론』(전성기 옮김)이라는 제목으로 국내에 번역, 소개되었다.

13) 듀리유는 1984년 ESIT에서 『전문 번역의 교육적 토대(*Fondement*

체계적인 번역 교육 방법론을 제시하면서 역시 번역 이론으로서의 해석 이론의 입지를 공고히 하는 데 기여하였다. 그러나 이들이 다룬 번역의 영역은 어디까지나 실용적, 기술적 성격의 번역이었으며 문학 번역은 여전히 배제된 상태였다. 따라서 제2단계까지의 해석 이론은 통역의 영역과 번역 영역의 일부, 즉 문학 번역을 제외한 실용, 전문 번역의 영역을 포괄하고 있었다고 보는 것이 옳다.

르데레르는 1990년에 발표된 이즈라엘(Israël)의 논문[14]을 해석 이론의 문학 이론으로의 확장의 출발점으로 회고한다.[15] 따라서 해석 이론 확장의 세 번째 단계, 즉 문학 번역의 포용이 이루어지는 시기를 이 시점으로 보아도 무방할 것이다. 이즈라엘은 다음과 같은 의미심장한 질문을 던진다.

---

didactique de la traduction technique)』라는 제목의 논문으로 학위를 취득하였으며, 1988년 같은 제목의 저서를 출판한다(Paris: Didier Erudition). 국내에서는 『전문 번역 어떻게 가르칠 것인가?』(박시현 · 이향 옮김, 2003)라는 제목으로 번역, 소개되었다.

14) 이 논문의 제목은 「문학 번역과 의미 이론(Traduction littéraire et théorie du sens)」으로, 1990년 『번역연구(*Etudes traductologiques)*』(Minard)라는 제목으로 ESIT 출신의 해석 이론가들이 셀레스코비치에게 헌정한 논문집에 실려 있다(pp.29-43). 이 논문집에는 페르니에(Pergnier), 들릴(Delisle), 코르미에(Cormier), 듀리유(Durieux), 바스탱(Bastin) 등의 다양한 논문들이 실려 있다.

15) Lederer, “La théorie interprétative de la traduction; origine et evolution”, 2006, p.43.

> … il reste à détérminer si les conclusions pénétrantes de la théorie du sens dans le secteur exploré peuvent être étendues au transfert de l'objet littéraire ou bien si ce dernier relève, en raison de sa spécificité, d'une autre problématique.
>
> … 실용적, 기술적 텍스트의 영역에서 의미 이론이 도출한 통찰력 있는 결론들이 문학의 영역으로 확장될 수 있는가, 아니면 문학의 영역은 그 특성상 별도의 문제 틀에 속하는가라는 질문을 던져 볼 때이다.[16]

이즈라엘은 이 글에서 당시까지만 해도 별개의 분야로 간주되었던 문학 번역을 해석 이론의 영역으로 본격적으로 포섭하고자 한다. 이를 위해 이즈라엘은 문학 텍스트가 독자를 염두에 두지 않는 순수한 창작물이라는 일부의 주장을 반박하며, 문학 텍스트 역시 '커뮤니케이션'을 지향하고 있음을 환기시킨다. 단지, 문학 텍스트가 독자와 이루어내는 커뮤니케이션은 화자, 청자가 일반적으로 동일한 공간을 공유하는 기타 커뮤니케이션(예를 들어 국제회의 통역)과 달리, 텍스트의 저자와 독자가 서로 다른 시공간에 속해 있거나, 혹은 어느 한쪽이 부재하는 경우도 있는 특수한 형태의 커뮤니케이션이라고 설명한다. 그러나 문학 텍스트의 의미가 도출되는 과정은 실용 텍스트의 의미 도출 과정과 다르지 않으며, 단지 두 텍스트에서 '의미'가 가지는 성격이 다를 뿐이라는 것이 그의 설명이다.

---

16) Israël, "Traduction littéraire et théorie du sens", in Lederer(ed.), *Etudes traductologiques*, 1990, p.30.

문학적, 미학적 텍스트에서는 그 어느 텍스트에서보다 '형식'이 의미 형성에 참여한다. 그렇다면 우리는 문학적 텍스트에서는 소위 언어적인 '형식'을 번역해야 하는가? 이는 '의미'를 번역하고자 하는 해석 이론과 배치되는 것이 아닌가? 이 질문에 대한 이즈라엘의 답은 주어진 문학 텍스트에서 해당 형식이 수행하는 '기능'에 주목하자는 것이다. 문학 텍스트의 경우 이즈라엘은 구체적으로 다음과 같은 3단계의 번역 과정을 제안한다.

> Il convient tout d'abord d'isoler des contraintes de la langue, ce qui est propre à l'auteur, son idiolecte, …
>
> Puis une fois cernées ces idiosyncrasies, il s'agit de définir leur rôle dans l'économie du projet. Enfin la troisième phase de la démarche consiste à repérer dans l'idiome et la culture d'accueil toutes les ressources propres à l'instauration d'un rapport sens-forme susceptible d'engendrer le même effet.
>
> 우선은 언어적인 제약, 저자에게 고유한 것들, 저자의 개인어들을 가려낸다. 그리고 이러한 개별적 특징들이 확인된 후에는 이들이 전체 번역 기획 속에서 어떤 역할을 수행하는지를 파악해 낸다. 그리고 나서 세 번째 단계에 이르러서는 도착어가 보유하고 있는 관용적 표현들과 문화 안에서 원문에서와 같은 효과를 유발할 수 있는 의미-형태 관계를 복원해 내기에 적절한 요소들을 찾아낸다.[17)]

---

17) 같은 글, p.41.

결국 문학 텍스트의 원저자가 특정한 언어 형태를 통해 담고자 했던 것이 무엇이며, 그것이 원문 독자에게 어떠한 효과를 유발하는지를 파악한 후, 도착어 속에서 그러한 효과를 유발할 수 있는 표현을 찾아내자는 것이다. 이러한 이즈라엘의 연구를 필두로 하여 다수의 해석 이론가들이 해석 이론을 문학 번역에 적용하기 시작하였다. 특히 앙리는 자신의 논문에서 문학 번역의 영역에서 뿌리 깊게 남아 있는 '직역'의 전통을 비난하며, 필요한 경우 도착어 독자에 맞는 과감한 재표현을 선택하는 것이 원 텍스트와 등가를 이루는 도착어 텍스트를 생산할 수 있는 방안이라고 주장한다. 앙리는 "해석 이론의 원칙이 문학 번역에 적용되지 못할 이유는 없으며 문학 번역 역시 실용 번역과 유사한 과정을 거친다"고 단언한다.[18)]

4. 해석 이론의 기저: 통번역에 대한 보편주의적 입장

해석 이론가들이 위의 단계들을 거쳐 그 이론을 확장하고 스스로를 통역, 실용 번역, 문학 번역의 영역을 모두 설명하는 포괄적 이론으로 표방한 것은, 그러한 주장이 타당한가의 문제와는 별도로, 해석 이론의 근본적 전제를 의미심장하게 드

---

18) Henry, "L'applicabilité de la théorie interprétative de la traduction à la traduction littéraire", in Israël & Lederer(eds.), *La théorie interprétative de la traduction: III De la formation à la pratique professionnelle*, 2005, p.159.

러낸다는 점에서 그 자체로 매우 중요한 입장 표명으로 보인다. 해석 이론가들은 통역과 번역을 근원적으로 동일한 커뮤니케이션 행위로 이해한다. 다시 말해 통역과 실용 번역, 문학 번역은 기본적으로 같은 현상이며 같은 과정에 의하여 이루어진다는 것이 이들의 주장이다.

> La démarche du bon traducteur est fondamentalement la même, quelles que soient les langues et quel que soit le texte en cause. La recherche du sens et sa réexpression sont le dénominateur commun à toutes les traductions.
> 훌륭한 번역사의 접근 방식은 언어나 텍스트의 종류에 상관없이 동일하다. 의미를 찾아서 그것을 표현하는 것이 모든 종류의 번역(통역)에 공통적인 현상이다.[19]

따라서 해석 이론가들은 통역과 번역을 포괄적으로 설명할 수 있는 종합적인 이론의 존재 가능성 자체에 대해서는 의문을 제기하지 않는다. 통역과 번역의 공통분모에 집중하는 이론적 성향은 거의 비슷한 시기, 독일에서 탄생한 스코포스 이론가들의 지향과도 맥을 같이한다. 독일의 스코포스 이론 및 행위 이론가들 역시 통번역이 '목적'에 의해서 좌우되며, 통번역 행위가 사회에서 일어나는 기타 행위들과 마찬가지로 설명될 수 있다고 본다는 점에서 이러한 보편주의적 입장을 견지

19) Lederer, *La traduction aujourd'hui*, 1994, p.9.

하는 것으로 판단할 수 있다.[20] 이들은 통역과 번역을 포괄하는 상위 개념으로서의 '통번역(Translat)' 개념까지 만들어내었으며, 각종 통번역 상황을 포괄적으로 설명해 주는 종합적 이론을 지향한다.[21]

'종합적'이든, '일반적'이든, '포괄적'이든, 이러한 명칭들은 기본적으로 다양한 종류의 통역과 번역에 공통적으로 존재하는 '보편적' 특징들에 주목하며 이를 동일한 개념 틀로 설명하는 것을 그 목적으로 한다. 우리는 이를 소위 '보편주의적 입장'으로 정리할 수 있겠다.

이러한 관점은 번역학이 궁극적으로 무엇을 지향해야 하는가의 문제에까지 영향을 미치게 된다. 통번역을 동일한 메커니즘에 따른 동일한 커뮤니케이션 현상으로 간주하고, 통역과 번역의 공통분모에 집중하는 보편주의적 관점을 선택할 경우, 특정 언어, 특정 문화, 특정 유형의 통역 혹은 번역이 가지는 특수성에 관심을 가지기보다는, 통번역을 모두 설명할 수 있는 개념이나 이론적 설명을 제시하는 것을 최종적 지향으로 삼게 된다. 해석 이론은 명백히 이러한 보편주의적 입장에 서 있으며, 이것이야말로 '의역주의자'라는 모호한 명칭보다 더

---

20) 기능주의자들은 다른 각도에서는 '문화상대주의', 혹은 '문화에 대한 반보편주의'로 읽힌다. 이는 개별 문화의 독특함을 중시하고 문화에 따라 번역 작업에도 '변형'이나 '조정'이 필요하다는 의미이며 이 글에서 다루는 통역과 번역 간의 공통분모에 대한 이들의 '보편주의적 입장'과는 별개의 것이다.

21) 정혜연, 앞의 책, p.58.

정확하게 이들을 규정짓는 개념이라고 할 수 있다.

5. 반(反)보편주의적, 개별주의적 입장

그런데 이러한 보편주의적 입장에 대한 우려나 저항이 없는 것은 아니다. 오히려 통역과 번역이 근본적으로 다르며, 따라서 성급하게 이들 간의 공통분모를 찾는 일에 집중하기보다는 개별 언어와 문화권, 그리고 다양한 유형의 통역, 번역이 가지는 특수성에 좀 더 천착해야 한다는 입장을 견지하는 학자들도 있다. 이들은 기본적으로 통번역을 한데 묶어 설명하는 것을 거부할 뿐 아니라 심지어는 번역 내부에서도 텍스트의 성격이나 기능, 언어 쌍 등 다양한 변수를 감안한 개별적인 이론이 필요하다고 주장한다. 번역 행위의 '다원성'과 '통합 불가능성'을 옹호하는 베르만의 이야기를 들어보자.

> Car ces discours se fondent sur la présupposition que l'on peut édifier une théorie globale et unique du traduire, qu'il s'agisse de poésie, de théâtre, de prose littéraire, de philosophie, de textes techniques ou juridiques, de langues proches ou lointaines, vivantes ou mortes, *orales ou écrites*, communes ou dialectales, de premières traductions ou de retraductions, d'hétéro-traductions ou d'auto-traductions, etc. Elles négligent le fait que *l'espace de la traduction est irrémediablement pluriel, hétérogène et non unifiable*.

[보편주의적] 담론들은 시, 연극, 문학적 산문, 철학, 기술적 번역이나 법률적 번역, 먼 언어나 가까운 언어, 현용어(現用語)나 사어, 구어나 문어, 공통어나 방언, 초역이나 재번역, 언어 간 번역이나 언어 내 번역에 상관없이 번역 행위를 설명해 주는 포괄적이고 유일한 이론을 구축하는 것이 가능하다는 전제를 토대로 하고 있다. 이러한 담론들은 번역의 공간이 극도로 다원적이고 혼질적이며 통합 불가능하다는 사실을 간과하고 있다.[22]

위의 글에서 확인할 수 있는 바와 같이 베르만은 통역과 번역 행위를 기본적으로 동일한 메커니즘으로 이해하고자 하는 해석 이론과는 명백히 다른 입장에 서 있으며, 번역 행위의 다원적이고 혼질적인 측면에 초점을 맞추고 있다.[23] 뒤이어 베르만은 '과학성'을 담보하겠다는 미명하에 진행되는 일련의 보편주의적 입장을 다음과 같이 꼬집는다.

… cela signifie-t-il que l'on puisse faire tenir dans un concept unique — sous prétexte de 'scientificité' — tous les modes de traduction? Et si l'on parvient à le faire, sur quelle base? A quel prix?

… 그렇다면 하나의 유일한 개념으로 — '과학성'이라는 미명

22) Berman, "La traduction et ses discours", 1989, p.674.

23) 이런 관점에서 볼 때, 베르만과 해석 이론은 '직역주의 vs 의역주의'의 개념보다는 '개별주의 vs 보편주의' 구도로 이해하는 것이 더 정확하지 않을까 생각된다.

하에 — 모든 번역의 양식을 설명해 낼 수 있다는 말인가? 만일 그렇게 할 수 있다 치더라도, 그것은 무엇을 토대로 하는 것인가? 그리고 이를 위해 어떤 대가를 치러야 하는가?[24)]

성급한 보편화가 초래할 수도 있는 위험에 대해 깊이 생각해 볼 일이다.

6. 생각해 볼 문제

앞서 언급한 바와 같이 오늘날 번역학계의 지배적인 담론들은 대부분 번역에 그 뿌리를 두고 있다. 독일의 기능주의 번역이론, 텔아비브 학파의 기술 번역학(Descriptive Translation Studies) 및 그에서 파생된 조작 이론(manipulation theory)뿐 아니라 할리데이(Halliday)의 담화 분석을 출발점으로 하여 진행된 하팀과 메이슨(Hatim & Mason)의 연구들도 그러하다. 그렇다면 이러한 이론들이 향후에 그 이론적 발전 경로로 선택할 수 있는 길은 크게 두 가지로 볼 수 있다.

첫 번째는 번역의 영역에 그대로 머무르며 번역 이론으로 남는 것이며, 두 번째는 통역의 영역으로까지 확장되어 통역과 번역을 포괄하는 이론을 표방하는 것이다. 후자의 경우, 보편주의적 입장으로 명명할 수 있겠으나, 그렇다고 해서 전자의 경우, 즉 번역의 영역만을 언급하고 설명하는 이론들을 '개

---

24) Berman, 앞의 글, p.674.

별주의적 입장'으로 정의할 수 있을까? 이 질문에 대한 대답이 어려운 이유는 대부분의 번역 이론들이 그 적용 영역을 명시적으로 규정하지 않기 때문이다. 심지어 특정 장르의 번역, 혹은 특정 유형의 번역에 관한 담론도 그 스스로의 영역을 제한하기보다는 번역에 대한 일반론을 자처하는 경우도 많다.

이러한 모호함은 해석 이론이 탄생, 전개된 프랑스에서도 마찬가지여서, 1972년 캐나다의 브라이언 해리스(Brian Harris)가 처음 사용한 후 일반화된 '번역학(traductologie)'이라는 명칭은 영어의 'Translation Studies' 개념과 마찬가지로 저자별로 다른 의미로 사용되고 있는 것이 사실이다. 다시 말해, ESIT의 경우는 '통번역'을 포괄하는 개념으로 'traductologie'를 정의하고 있음이 명백해 보이나, 다른 학자들은 'traductologie'를 주로 번역의 영역에 한정시켜 이해하고 있다.

그렇다면 다시 처음의 질문으로 돌아가 보자. 통역과 번역을 포괄적으로 설명하는 통번역 이론은 가능한가? 그리고 해석 이론은 통역과 번역을 포괄적으로 설명해 주는 통번역 이론인가?

필자는 기본적으로 해석 이론이 견지하고 있는 보편주의적 입장에 성급하게 동의하기보다는, 오히려 그 주장의 근거를 하나씩 검토해 보는 과정을 통하여, 해석 이론, 더 넓게는 보편주의적 입장이 가지는 맹점이나 함정들에 주목해 볼 것을 제안하고자 한다. 이러한 작업이 필요하다고 판단하는 이유를 간략하게 정리해 보면 다음과 같다.

첫째, 해석 이론은 무엇보다도 '실무', 더 정확히는 '실무 경험'을 중시하는 이론이다. 르데레르는 심지어 번역학에서의 이론이란 '실무의 설명(explication de la pratique)'이어야 한다고 주장하기도 하였다.[25] 통역 실무를 토대로 이론을 체계화한 해석 이론가다운 대답이다. 그런데 르데레르의 말대로 실천을 설명하는 것이 이론이라면, 서로 다른 실천에 기반하고 있는 통역과 번역을 하나의 이론으로 설명하는 것이 과연 가능한가? 그러기에는 통역의 실천과 번역의 실천 사이에 지나치게 큰 간극이 존재하는 것이 아닌가? '말'과 '글'이라는 거대한 차이, '순간적 소비'를 목적으로 하는 통역과 '끝없는 다시 읽기'에 노출되는 번역 간의 차이 외에도, 번역의 경우 문학 번역과 실용 번역 사이에 역시 통역과 번역 사이에서 만큼의 거대한 차이가 존재하는 것은 아닌가? 과연 이러한 모든 차이들에 관하여 충분한 성찰이 이루어졌다고 할 수 있는가? 이 모든 차이에도 불구하고 이를 '하나의 개념', 혹은 '동일한 메커니즘'으로 설명하려는 시도는 이러한 다양한 통번역의 형태들 간의 차이들을 축소, 혹은 삭제하는 대가를 치를 만큼 가치 있는 것인지를 묻는 베르만의 질문을 다시 한 번 음미해 보아야 할 것이다.

둘째, 해석 이론의 문학 번역에의 적용 가능성과 관련하여

---

25) Lederer, "La place de la théorie dans l'enseignement de la traduction et de l'interprétation", in Israël(ed.), *Quelle formation pour le traducteur de l'an 2000?*, 1998, p.17.

해석 이론가들이 제시하고 있는 근거들에 대한 꼼꼼한 점검 작업이 있었다고 보기 어렵다. 이는 해석 이론가들과 마찬가지로 보편주의적 입장을 견지하고 있는 스코포스 이론가들에게도 가해졌던 비판으로, 기능주의 번역 이론의 핵심을 이루는 '목적성' 개념이 문학 번역의 영역에 제시될 수 있는지 여부에 대해 심도 깊은 비판들이 있었으며, 이에 대해 노드는 이를 '기능 플러스 책임성' 개념으로 자신의 이론을 방어하고 있다.[26] 그러나 스코포스 개념을 문학 번역에 그대로 적용시키기는 어렵다는 인식은 여전히 불식되지 않은 채로 남아 있다.

해석 이론가들은 주로 '소설'이라는 문학 형식을 통하여 해석 이론이 문학 영역에서도 적용 가능하다는 것을 증명하고 있다. 르데레르는 본문에서는 존 스타인벡(John Steinbeck)의 *Cannery Row*[27]를, 부록에서는 아트 버크월드(Art Buchwald)의 *The Woman Behind the Woman* 을 번역 예로 제시하고 있으며, 이즈라엘 역시 『폭풍의 언덕』을 언급하고 있다. 또한 앙리 역시 잭 런던(Jack London)의 소설과 그 프랑스어 번역본들을 비교하고 있다. 이렇듯 해석 이론의 문학 번역에의 적용 가능성을 설명하는 과정에서 거의 모든 해석 이론가들이 '소설'이라는 문학 장르를 선택하였다. 다시 말해 '소설 = 문학'이라는 등식을 전제하고 있는 것처럼 보인다. 그러나 특정 소

26) Nord, 정연일 · 주진국 옮김, 『번역 행위의 목적성』, 2006, pp.212-221.

27) Lederer, *La traduction aujourd'hui*, pp.199-203.

설의 번역 과정에서 이해－의미 도출－재표현의 과정이 일반 번역에서와 동일한 방식으로 진행된다고 해서, 해석 이론이 문학 번역에 적용된다고 결론지을 수 있는지 추가적인 고찰이 필요하다. 통역이나 실용 번역을 대상으로 성립된 이론을 문학의 영역까지 지나치게 성급하게 확장하려 함으로써 해석 이론가들은 스코포스 이론가들과 동일한 오류를 범하고 있는 것은 아닌가라는 의혹을 지울 수 없다. 해석 이론가들이나 스코포스 이론가들이 공통적으로 가진 '보편주의적 이론'에 대한 욕심이 이러한 결과를 초래한 것은 아닌지 검증해 보아야 할 것이다.

7. 끝말

번역학이 독립적인 탐구 영역으로의 발판을 마련하기 시작한 것은 1970년대의 일이며, 따라서 번역 행위에 대한 성찰과 반성의 긴 역사와는 별개로 현대적 의미에서의 번역학의 역사는 그리 길지 않다. 더구나 번역학의 학문적 성립 초기에는, 혹은 문화권에 따라서는 극히 최근까지도, 번역에 대한 연구는 상당히 파편적 형태로 이루어져 온 것이 사실이다. 즉, 오랫동안 번역 연구의 장은 문학 번역 연구가 주도하였으며, 문학 영역 내부에서 장르별로 별도의 논의들이 진행되었다. 통역이나 실용 번역이 학문적 성찰의 영역으로 편입된 것은 비교적 최근의 일이며, 이는 통번역 연구의 장이 확장되었다는 점에서 뿐 아니라 해당 분야에 대한 실무 경험을 갖춘 통역, 번역 전문가들이 연구의 장에 참여하면서 기존 이론이 간과하거나 오해한 실무적이고 구체적인 문제들이 이론적 성찰의 대상이 되었다는 점에서 그 의미가 있다.

이러한 관점에서 볼 때 해석 이론이 번역학사적으로 가지는 의미는 분명하다. 기존 담론에서 종종 간과된, 통역과 실용 번역, 그리고 뒤이어 문학 번역 행위가 가지는 '커뮤니케이션'으로서의 측면, 그리고 그러한 커뮤니케이션 과정이 담지하고 있는 보편적인 요소들에 주목함으로써, 통번역이라는 것이 단순히 한 언어에서 다른 언어로 옮겨 가는 언어적 현상이 아니라, 번역사의 인지적 분석과 이해를 통해서 이루어지는 구체적 소통 작업임을 깨닫게 한 것이 바로 해석 이론이 가지는 의미라고 볼 수 있다.

그럼에도 불구하고 해석 이론이 내포하고 있는 보편주의적 관점이 통역이나 번역 행위가 가지는 보편적 요소를 넘어서서 개별 행위들이 가지는 독특함과 고유함을 이해하는 데 장애가 되고 있는 것은 아닌가라는 우려를 불식시키기 어렵다. 사실 우리가 종종 하나로 묶어 생각하는 통역과 번역 현상은 극도로 복잡다단하다. '통역'의 내부에도 동시통역, 순차통역, 지역사회 통역(community interpreting), 법정 통역, 수화 통역 등 다양한 형태가 포함되어 있으며, 문학 번역의 영역에도 시, 소설, 영상물 등의 다양한 유형의 하위 장르가 포함되어 있다. 과연 이러한 개별 영역들이 모두 동일한 메커니즘에 의해 수행된다고 단언할 만큼 충분한 연구와 성찰이 누적되어 있는지 의문이다. 보편주의적 이론을 구축하겠다는 야심이 오히려 구체적, 개별적 연구를 방해하면서 우리를 통번역에 대한 일반적, 거시적 담론에만 가두는 것일 수도 있다. 지금으로서는 성급하게 하나의 이론 틀 속에 모든 것을 밀어 넣기 전에, 통역, 혹은 문학 번역, 실용 번역이라는 제목 하에 대분류되어 있는 하위 그룹들을 더 자세히 살펴보는 작업이 필요하다고 판단된다.

르데레르의 말대로 '실무에 대한 설명'이 이론이라면 보편주의든 개별주의든, 그것이 나오게 된 뿌리인 실무 환경의 다양성과 혼질성에 좀 더 관심을 두어야 하는 것은 아닐까?

제5장

스코포스 이론과 해석 이론

공통점과 차이점에 대한 고찰

1. 들어가는 말

스코포스 이론과 해석 이론은 번역학 연구자들에게는 이미 상당히 친숙한 이론들로 각기 독일과 프랑스를 중심으로 비슷한 시기(1970-1980)에 탄생하여 번역학 발전사에서 핵심적 역할을 한 이론들이다. 두 이론은 내용적으로 상이함에도 불구하고, 공히 원문보다는 목표어, 목표 문화, 수용자 등을 중시하는 목표어지향적(Target-oriented) 이론이라는 점에서 언뜻 보기에도 근본적으로 비슷한 지향을 가진 이론들로 간주될 수 있다.

물론 두 이론이 원문이나 원저자, 원천 문화에 무게중심을 두었던 기존의 번역 담론으로부터 단절을 꾀하고, 이제까지 간과되었던 통번역의 목적이나 기능, 과정, 통번역의 최종 사용자, 목표어 텍스트 등을 핵심적 변수로 부각시켰음은 명백하다. 그러나 스코포스 이론과 해석 이론을 단지 '목표어지향적 번역 이론'으로만 규정하는 것은 두 이론의 좀 더 근원적인 공통점, 그리고 그러한 공통점에도 불구하고 두 이론을 나누는 변별점들에 대해 고찰하기에 충분치 못한 면이 있다. 사실 두 이론이 공히 목표어나 목표 문화에 무게를 두는 이론이라 하더라도, 그러한 입장에 도달하게 된 방식은 다를 수 있고 또한 그 이면에 존재하는 인식론적 전제들도 상이할 수 있기 때문이다.

해석 이론이나 스코포스 이론은 이미 그 주저들이 일부 번역, 소개되었고, 두 이론을 주제로 한 논문들도 국내에 꾸준히 발표되어 왔다.[1] 그러나 두 이론을 비교하면서 그 공통점과 차이점에 대해 논한 연구는 국내에서나 해외에서나 거의 전무하다. 실제로 해석 이론과 스코포스 이론은 닮은 듯하면서도 많은 측면에서 차이가 있다. 예를 들어 해석 이론은 대체로 통역이나 번역의 인지적 과정[2]을 관찰하는 데서 출발하여, 통번

---

1) 해석 이론 및 스코포스 이론에 관한 국내 논문들은 다음을 참고한다. 박숙종, 「해석 이론에 관한 고찰」, 『일본문화연구』 7, 2002, pp.533-551; 이향, 「해석 이론의 특징과 한계」, 『번역학연구』, 10(1), 2009, pp.121-140; 신지선, 「아동문학 번역시 스코포스 이론의 적용」, 『번역학연구』 6(2), 2005, pp.125-140; 이근희, 「스코포스 이론을 토대로 한 번역 비평 사례 연구 더빙 영화, <빨간 모자의 진실>」, 『번역학연구』 10(2), 2009, pp.61-82.

2) 셀레스코비치와 르데레르는 이를 때로는 '메커니즘(mécanisme)'으로,

역 작업이 단순한 언어 간의 치환, 혹은 부호 전환 작업이 아닌 해석의 과정을 거쳐 도출된 의미를 전달하는 작업임을 강조하고 있다. 다시 말해 이해, 탈언어화, 재표현으로 이어지는 통번역의 '과정'에 대한 설명이 해석 이론의 핵심을 이룬다. 반면, 스코포스 이론은 통번역이 구체적 상황 속에서 구체적 목적(skopos)을 충족시키기 위한 소통 행위임을 강조하면서 그러한 역할을 수행하는 통번역사, 그리고 그 결과 생산되는 통번역물이 수행하는 기능에 관심을 둔다. 또 한 가지 차이를 들자면, 해석 이론이 기존의 언어학과 단호하게 결별하려는 반면, 스코포스 이론은 통번역학이 응용 언어학의 하위 분야로서 화용론에 속한다고 주장하고 기존의 언어학적 개념들을 활용하는 것을 망설이지 않는다.

이 글에서는 스코포스 이론과 해석 이론이 어떤 전제를 공유하며 또 어떤 측면에서 상이한 접근을 가지는지를 살펴보기 위하여, 우선 스코포스 이론과 해석 이론의 공통점 중 가장 핵심적인 것으로 보이는 두 가지 키워드를 중심으로 고찰해 보고자 한다. 첫 번째는 **이론과 실무 간의 관계**이며, 두 번째는 **'일반 이론'**이라는 키워드이다.

우선, 첫 번째 키워드인 이론과 실무 간의 관계를 살펴보고자 한다. 물론 번역학에서 이론과 실무는 타 학문에서보다도

때로는 '과정(processus)'으로 지칭한다(Seleskovitch & Lederer, *Interpréter pour traduire*, 1993, pp.35-36).

훨씬 밀착된 관계를 가지고 있다. 번역학이 기본적으로 번역이라는 '실무'를 대상으로 한 이론화 작업이기 때문이다. 그러나 번역학 내의 타 이론들에 비해, 스코포스 이론과 해석 이론은 공히 통역이나 번역 실무 경험을 바탕으로 연구자들에 의해 제안되고 완성된 이론이라는 공통점을 가지고 있다. 따라서 스코포스 이론과 해석 이론이 이론과 실무 간의 관계를 어떻게 규정하며, 그러한 관점이 이론의 발전 과정에 어떠한 영향을 끼쳤는지를 이해하는 것은 두 이론의 '탄생'과 '발전 과정'을 이해하는 데 중요한 단서가 될 것이다.

두 번째 키워드는 통번역을 포괄하는 '일반 이론'에의 지향이다. 스코포스 이론과 해석 이론은 통역과 번역을 모두 설명할 수 있는 일반 이론(general theory)을 지향한다. 해석 이론의 경우, '일반 이론'이라는 개념을 쓰고 있지는 않으나, 이론 발전의 후반기에 이르러, 해석 이론이 통역, 실용 번역, 문학 번역에 고루 적용 가능한 포괄적 이론임이 반복적으로 강조되고 있으며, 스코포스 이론의 경우 처음부터 그 주창자들은 "포괄적이고 일반적인 통번역 이론의 기초를 놓는 것"이 목적이었음을 명백히 밝히고 있다.[3] 따라서 두 이론은 통역과 번역을 기본적으로 동일한 메커니즘에 의해 수행되는 동일한 성격의 작업으로 보고, 따라서 통역과 번역이 동일한 이론으로

3) Reiß & Vermeer, 안인경 · 정혜연 · 이정현 옮김, 『일반 통번역 이론 기초』, 2010, p.iv.

설명 가능한 현상이라고 전제한다. 여기서 해석 이론이나 스코포스 이론이 실제로 통번역을 모두 설명하는 포괄적인 '일반 이론'으로 인정받았느냐의 문제는 논외로 한다. 중요한 것은 두 이론이 기본적으로 그러한 일반 이론의 성립을 '지향'했다는 데에 있다.

이 글에서는 두 이론이 과연 어떠한 과정을 거쳐서 통역 이론 또는 번역 이론이 아닌 통번역을 모두 포괄하는 일반 이론을 표방하게 되었으며, 그 안에 전제되고 있는 것은 무엇인가를 살펴보고자 한다.

2. 이론과 실무 간의 관계

어떤 학문에서건 이론이 실무와 어떤 관계를 맺고 있는가, 혹은 맺어야 하는가의 문제는 중요한 화두가 된다. 특히 번역학의 경우 통역, 번역이라는 실무적 행위를 연구 대상으로 삼는 만큼, 이론이 통번역 실무 현장을 얼마나 효율적으로 관찰하고 반영하는가의 문제, 실무 현장이 이론의 영역에서 누적된 개념들을 어떤 방식으로 활용하느냐의 문제, 더 나아가 현장의 실무자들과 상아탑의 이론가들이 어떤 관계를 맺어야 하는가의 문제는 번역학 발전사에서 늘 중요한 화두였다. 번역학이 독자적 학문으로 독립해 가는 과정은 어찌 보면 번역에 관한 기존의 이론 담론들이 번역 실무 현장을 제대로 반영하지 못한다는 자각, 그리고 이러한 이론과 실무 간의 간극을 극복하려는 일련의 시도로 설명할 수 있다.

스넬 혼비는 번역학의 발전 과정을 시대별로 고찰하는 과정에서 1990년대를 '경험적 전환(empirical turn)'[4]의 시대로 요약하고, 이 시기에 이르러 오랜 기간 동안 번역학 담론을 지배했던 철학적, 언어학적 접근이 막을 내리고 비로소 사례 연구와 경험적 연구에 대한 욕구가 표명되기 시작했다고 설명한다. 그녀는 뒤이어 1990년대에 진행된 경험적 연구의 대표적 사례로 통역학 연구(Interpretation Studies), 사고발화법(TAPS: Think Aloud Protocols) 연구, 코퍼스 연구 등을 소개한다.

경험적 전환의 결과로 탄생한 연구들은 대체로 통번역의 현장, 혹은 통번역 실무와 더 밀착된 연구들로, 결국 경험적 전환은 사변적 성찰에서 실무적, 구체적 성찰로 옮겨 가고자 했던 당시 번역 담론의 경향을 반영하는 것으로 볼 수 있다. 통

---

4) Snell-Hornby, 허지운 · 신혜인 · 허정 · 신오영 옮김, 『번역학 발전사』, 2010, p.192. 이 책에서는 'empirical turn'을 '실증적 전환'이라는 말로 옮겨 놓았다. '실증적'이라는 용어는 주로 'positive'의 번역어로 등장하는데, 이는 어떤 이론이나 담론 자체의 준거가 누구도 부인할 수 없는 객관적 대상들이며, 관찰자의 상태나 입장, 심지어 그가 사용하는 언어와 관계없이, 이론이나 담론을 입증하거나 검증할 구체적이고 제시 가능한 대상이나 사물이 존재함을 뜻한다. 반면 '경험적'은 주로 'empirical'의 우리말 번역어로 사용된다. 이 용어는 주로 '인식주관의 오관(五官)으로 파악 가능한'의 의미로 사용되며, 흔히 '사변적', '개념적', '관념적' 등의 개념과 대비되는 의미로 사용된다. 이 책의 저자는 'empirical turn'이 '오랜 철학화와 이론화의 시대가 지나고' 도래한 것으로 설명하고 있으므로 여기서의 'empirical'은 '경험적'으로 옮기는 것이 적절해 보인다.

번역 실무자들이 통번역 실무 현장, 혹은 번역 교육 현장에서 제기된 구체적 문제들에 대한 구체적 답을 찾으려는 목적으로 대거 이론적 담론의 장에 뛰어들면서, 실무 현장과 거리가 먼 기존의 추상적, 사변적 이론 담론들의 한계가 확인되었다. 언어학이나 문학의 테두리 안에서 생산된 번역 담론들이 번역 현장의 여건들과 동떨어져 있다는 깨달음은 번역학이라는 신생학문의 탄생으로 이어졌고, 번역학은 언어학이나 문학의 종속학문(sub-discipline)으로서의 지위를 거부하고 독립된 학문으로 스스로를 표방하게 되었다. 한마디로, 실무에 부응하는 이론, 실무에 도움이 되는 이론에 대한 갈증은 번역학의 탄생과 성장에 촉매제 역할을 했다고 볼 수 있다.

그러나 번역 이론이 실무와 어떤 관계를 맺어야 하느냐에 대해 번역학 내부에는 여전히 상이한 견해들이 공존하고 있으며, 특히 이론가들과 실무자들 간의 협업, 혹은 소통이 원만히 이루어지고 있는 것으로 보기는 어려운 면이 있다. 라드미랄은 번역학 내부에서 목도되는 이론과 실무의 '분업' 현상을 지적하며, 실무를 담당하는 '프롤레타리아 번역가들'과 실무와 동떨어져 이론화 작업을 하는 '귀족 이론가들' 간의 괴리를 날카롭게 꼬집은 바 있다. 실무 없는 이론가들과 이론에 무관심한 실무자들 간의 소통이 부족하다 보니, 실무 현장에서 엄연히 존재하는 행위인 번역을 두고도 "번역은 불가능하다"는 주장이 심심찮게 나오게 된다는 것이 라드미랄의 설명이다. 라드미랄의 지적대로 번역의 영역에서는 이론과 실무가 별개의

역사를 가지고 있으며, 이 두 역사가 종종 서로 충돌하고 있다는 사실은 설명이 필요한 대목이다.[5)]

그렇다면 그 어떤 이론보다도 '실무'와 밀착되어 있음을 스스로 표방하는 해석 이론과 스코포스 이론은 실무와 어떤 관계를 맺고 있을까? 해석 이론은 그 스스로 '실무자들을 위한, 실무자들에 의한' 이론임을 표방하고 있으며, 스코포스 이론은 『번역 행위의 목적성』의 서문에서 역자가 지적한 것처럼 "기존의 번역론의 그림자를 피해 다니거나 애써 무시해 버리곤 하던 서구의 실무 번역자와 번역 교육자들이 상대적으로 따뜻한 눈길을 보낸" 이론이다.[6)] 한마디로 두 이론은 공히 통번역 실무를 그 중심에 놓고 발전하였다는 점에서, 실무는 두 이론의 출발점이자 도착점이라고 설명할 수 있다. 우선 해석 이론이 실무와 어떤 관계를 맺고 있는지 살펴보자.

1) 해석 이론에서의 이론과 실무 간의 관계

해석 이론의 모태가 된 파리 스쿨[7)]의 소장 학자들인 이즈라엘과 르데레르는 해석 이론을 "실무의 관찰에서 출발한 이

5) Ladmiral, *Traduire: théorèmes pour la traduction*, 1994, pp.88-89.
6) Nord, 정연일 · 주진국 옮김, 『번역 행위의 목적성』, 2006, p.iv.
7) 해석 이론은 프랑스 파리3대학 산하 파리 통번역대학원(Ecole supérieure d'interprètes et de traducteurs) 소속 연구자들을 중심으로 발전된 이론으로, 후에 이들을 '파리 스쿨'이라는 명칭으로 부르게 된다.

론", 혹은 "실무자들에 의한, 실무자들을 위한 이론"으로 규정한다.[8] 여기서 '실무자(professionnel)'라 함은 맥락상, 기존의 대학 산하 연구자들, 통번역 실무에 대한 구체적 이해 없이 통번역을 전적으로 언어적 작업으로 보거나 언어 학습의 수단으로 보는 상아탑 연구자들에 대비되는 개념으로 읽힌다. 그럴 수밖에 없는 것이, 실제로 해석 이론의 주창자인 셀레스코비치는 오랜 기간 국제회의 통역사로 활동한 자신의 실무 경험을 이론 작업의 출발점으로 삼았으며, 그 뒤를 이은 르데레르, 라플라스(Laplace) 역시 국제회의 통역사로 활동한 '실무자'들이었다.[9] 통번역 이론을 구축하는 작업이 통번역 실무자의 몫이라는 이들의 입장은 확고하다.

> En ce qui concerne la théorie de l'interprétation proprement dite, il appartient aux praticiens d'en poursuivre l'élaboration, en collaboration avec les spécialistes des disciplines scientifiques dans lesquelles elle s'insère.

엄밀한 의미에서의 통역 이론의 경우, 인접 학문 분야의 전문

8) Israël & Lederer(eds.), *La théorie interprétative de la traduction I: Genèse et Développement*, 2005, p.24, p.79.

9) 이들이 번역사가 아닌 통역사였다는 사실 역시 해석 이론의 발전에 간과할 수 없는 영향을 미쳤다. 통역 작업이 번역과는 달리 본질적으로 연사의 발화 내용을 즉각적으로 전달하는 작업, 다시 말해 언어 형식이나 문체보다는 의미의 전달을 최우선 목표로 하는 작업이기에, 해석 이론은 무엇보다도 '의미'의 전달을 통번역의 최우선 과제로 삼는다.

가들과의 협력 하에 그 이론을 구축해 나가는 것은 실무자들의 몫이다.[10]

물론 통역의 이론화 과정에서 인접 학문 분야의 전문가들과 협력이 필요하다는 점을 부정하지는 않으나, 이론 작업은 일차적으로 실무자들의 소관임을 강조하고 있다. 어찌 보면 파리 스쿨의 이론적 성찰의 과정은 실무에서 얻은 '직관'들을 이론을 통해 증명하려는 노력으로 읽히기도 한다.[11] 그러나 '실무'에 큰 비중을 두는 이들의 입장을 단지 이들의 오랜 실무 경력에 기인한 것으로만 설명하기는 어렵다. 셀레스코비치 스스로도 여러 차례 밝힌 바와 같이, 통번역 행위를 단순한 '언어 현상'으로 설명하던 당시의 주류 언어학 이론들에 대한 실망이야말로 실무를 중심으로 한 이론화 작업에 박차를 가하게 된 결정적 계기였다고 볼 수 있다. 해석 이론이 막 형성되기 시작한 1970년대는[12] 언어학(특히 구조주의 언어학)의 위세

10) Israël & Lederer(eds.), 앞의 책, p.100.

11) 셀레스코비치가 실무 경험을 통하여 얻은 자신의 내적 확신을 어떤 과정을 거쳐 이론으로 풀어내는가는 라플라스의 논문에 상세히 설명되어 있다. (참고. Laplace, "La genèse de la théorie interprétative de la traduction", in Israël & Lederer(eds.), *La théorie interprétative de la traduction I: Genèse et Développement*, 2005, pp.21-66.)

12) 해석 이론의 정확한 탄생 시기를 말하기는 어려우나 셀레스코비치가 최초로 펴낸 이론서인 *L'interprète dans les conférences internationales: problèmes de langage et de communication*(1968)를 그 출

가 하늘을 찌르던 때였기에, 언어 이론이 통번역을 제대로 설명해 내지 못한다는 이들의 주장은 당시로서는 상당히 파격적인 것이었다. 라플라스는 이를 다음과 같이 설명한다.

> … si pour Saussure la parole est une mise en oeuvre de la langue …, pour D. Seleskovitch le discours est premier, il est volonté de communiquer une pensée et la langue est seconde, résultante décantée des innombrables actes de langage.
>
> … 랑그를 구현한 것이 파롤이라는 것이 소쉬르의 입장이라면, 셀레스코비치에게 있어서 우선적인 것은 담화(discours)였고, 담화란 결국 하나의 생각을 소통하려는 의지였다. 랑그는 부차적인 것으로 랑가주의 수많은 행위로부터 침전된 결과물이었다.[13]

과거 언어 기호의 분석에만 몰두하던 번역 연구가 실제 커뮤니케이션 상황 속의 '담화'[14]로 옮겨 가야 한다는 해석 이

발점으로 볼 수 있겠다. 그러나 셀레스코비치의 이론적 성찰이 집약적으로 정리되어 있는 저서인 *Langage, Langues et mémoire: étude de la prise de notes en interprétation consécutive* 는 1975년에 출판되었다.

13) Israël & Lederer(eds.), 앞의 책, p.42.

14) 해석 이론에서의 '담화' 개념은 벤베니스트의 '담화' 개념과 유사한 측면을 가지고 있으나 해석 이론가들은 이를 명시하지는 않는다. 이 '담화' 개념은 문맥에 따라 텍스트와 대비되는 구어로 된 연설문을 의미하기도 하고, 때에 따라서는 텍스트의 동의어로 쓰이기도 한다. (참고. Lederer, 전성기 옮김, 『번역의 오늘: 해석 이론』, 2001,

론가들의 주장은, 오랜 통역 번역 실무에서 체득한 하나의 확신, 다시 말해 통역이나 번역이 단순한 언어 간 부호 전환이 아닌 통역사와 번역사의 적극적 해석과 이해를 요구하는 인지적 과정이라는 인식에 기반을 두고 있다. 해석 이론가들이 제시한 인지적 보충물, 탈언어화[15] 등의 개념 역시 이러한 현장에서의 깨달음을 개념화한 것에 다름 아닌 것이다.

2) 스코포스 이론에서의 이론과 실무 간의 관계

스코포스 이론이 실무와 맺는 관계 역시 많은 부분에서 해석 이론과 흡사하다. 스코포스 이론의 주창자인 페어메어[16] 또한 전문 통역사 및 번역사로서의 실무 경험을 가진 실무자였다. 페어메어의 이론화 작업도 기존의 언어학적 접근에 대

---

p.228.)

15) '인지적 보충물'이란 담화나 텍스트의 '의미'를 파악하는 데 필요한 인지적, 정서적 요소들을 의미하며, '탈언어화'란 해석 이론가들이 설명하는 번역의 3단계 중 이해와 재표현 사이에 위치하는 단계로 출발 언어의 개별적 언어기호는 사라지고 의미의 도출에 이르는 과정이다. (참고. 같은 책, pp.233-235.)

16) 스코포스 이론의 출발점으로는 대체로 1978년 페어메어가 발표한 논문("Ein Rahmen für eine allegemeine Translationstheorie(Framework for a General Translation Theory)", in *Lebende Sprache* 23, pp.99-102)을 꼽는다. 그러나 스코포스 이론이 체계화된 형태로 제시된 것은 1984년 라이스와 페어메어의 *Grundlegung einer Allgemeinen Translationtheorie*에 이르러서이다. 독일어로 쓰여 접근이 어려웠던 이 책이 한국어로 번역 소개된 것은 반가운 일이다.

한 한계를 체감하는 데에서 출발한다. 노드가 인용한 그의 말을 다시 인용해 보자.

> 언어학만으로는 해결되지 않는다. 첫째, 번역하기(translating)는 단순히 언어학적인 과정이 아니며 우선적으로 언어학적인 과정조차도 아니기 때문이다. 둘째, 언어학은 우리의 문제를 다룰 적절한 질문을 아직까지 던지지 못하고 있다. 따라서 다른 곳으로 눈을 돌려야 한다.[17]

페어메어 자신이 일반 언어학[18]을 거쳐 번역학에 이르렀다는 점에서 그가 언어학의 한계에 대해 던진 질문은 더욱 의미심장하다. 기존의 언어학이 아직 던지지 못한 '적절한 질문'은 무엇이었을까? 해석 이론가들이 기존 언어학의 한계를 '의미' 개념으로 뛰어넘고자 했다면, 스코포스 이론가들에게는 '정보(information)'가 핵심적 키워드가 된다. 라이스와 페어메어는 '정보'를 "텍스트 생산자가 수신 대상자에게 무엇을, 어떻게 이해하기를 바라는지에 관해 형식적으로, 그리고 상황과의 관련 하에 전하는 것"으로 규정한다.[19] 또한 같은 책에서 라이스와 페어메어는 동일한 텍스트도 서로 다른 기능[20]을 하도록

---

17) Nord, 앞의 책, p.17에서 재인용.

18) 페어메어는 1971년부터 1983년까지 마인츠 대학의 일반 언어학 및 응용 언어학부에서 재직하였으며 1984년 하이델베르크 대학의 번역학부로 옮겨 1992년까지 머물렀다.

19) Reiß & Vermeer, 앞의 책, p.55.

구상될 수 있고, 따라서 "모든 통번역의 지배 원칙은 바로 통번역의 목적"이라고 설명하며, 그러한 번역의 목적을 결정하는 가장 중요한 요소 중 하나로 최종 수신자(addressee)를 강조하였다.[21] 통번역의 스코포스, 최종 수신자, 행위로서의 통번역, 정보 등의 개념들은 통역이나 번역 실무 현장에 대한 입체적 이해를 전제하는 개념들이다. 이러한 개념들을 통해 스코포스 이론(및 행위 이론)은 언어 전달에 맞추어져 있던 통번역 이론의 중심축을 텍스트, 상황, 사회, 문화로 확장시키는데 기여하였다고 볼 수 있다. 이러한 입장은 번역하기를 '문화비교하기'로 규정하는 노드에 이르러서도 재차 확인할 수 있다.[22]

그러나 스코포스 이론가들은 통번역의 실무적 측면을 강조하면서도, 해석 이론가들처럼 실무가 이론의 가장 중요한 척도가 되어야 한다는 입장은 아니다. 해석 이론이 실무 통번역 현장의 중요성을 더 효율적으로 부각시키기 위해 기존의 언어학 이론들과 의도적 단절을 꾀하는 반면, 스코포스 이론가들은 앞서 언급한 바와 같이 "언어학만으로는 해결되지 않음"을

20) 이들을 '기능주의적 접근'으로 분류하는 이유는, 스코포스 이론가들이 기존의 텍스트 유형론자들의 주장, 즉 특정 유형의 텍스트는 특정 방식으로 번역(예를 들어 상업적 텍스트는 주로 의역, 문학 텍스트는 직역 등)한다는 관점에서 벗어나서, 동일한 텍스트도 어떤 '기능'을 수행하느냐에 따라 번역 방식이 달라진다는 입장을 취하기 때문이다.

21) Reiß & Vermeer, 앞의 책, p.43, p.86.

22) Nord, 앞의 책, p.57.

인정하면서도, 통번역학이 응용 언어학의 하위 분야인 화용론에 속한다고 천명하고, 행위 이론, 생산 이론, 수용 이론 등 언어학 내부에서 생산된 이론들의 효용을 부정하지 않는다.[23] 라이스가 제시한 텍스트 유형론 역시 그 출발점은 독일의 언어학자 뷜러(Bühler)의 오르가논 모델에서 제시된 세 가지 기본적 기능에 친교적 기능을 추가하여 만든 것이다.[24] 한마디로 해석 이론가들이 기존의 언어학 이론에 대해 비교적 배타적 입장을 취하는 반면, 스코포스 이론가들은 기꺼이 스스로를 기존의 화용론의 범주 하에 위치시키며, 굳이 단호한 결별의 입장을 취하지는 않는다.

3. 일반 이론의 지향

정혜연은 해석 이론과 스코포스 이론의 공통점 중 하나로 "두 이론이 통역과 번역 전반을 이론의 대상으로 삼고 있다"는 점을 꼽는다.[25] 그런데 두 이론이 통역과 번역 전반을 아우른다는 것은 과연 어떤 의미인가? 이 절에서는 해석 이론과 스코포스 이론이 통역과 번역에 공히 적용되는 '일반 이론(general theory)'임을 표방하는 방식을 구체적으로 비교해 보

---

23) Reiß & Vermeer, 앞의 책, p.15.

24) 뷜러의 '오르가논 모델'에서 제시된 세 가지 언어 기능은 '서술(Darsellung)', '표현(Ausdruck)', '호소(Appell)'이다(같은 책, p.54).

25) 정혜연, 『통역학개론』, 2008, p.78.

고자 한다. 본격적 분석에 앞서 우리는 우선 여기에서의 '일반'이라는 개념이 어떤 의미로 사용되는지를 간단히 살펴보고자 한다.

모든 언어에 존재하는 보편적 특질이나 일반적 법칙을 연구 대상으로 하는 언어학을 일반 언어학(general linguistics)으로 규정하는 것과 마찬가지로, 어떤 통번역 이론이 통역과 번역 현상을 포괄적으로 설명하면서 개별 언어 쌍과 관계없이 모든 언어에 적용 가능한 이론이고자 할 때, 이 이론을 통번역에 대한 '일반 이론'이라 규정할 수 있다. 경우에 따라서 '종합적 이론', '포괄적 이론' 등으로 표현되기도 하나, 이러한 명칭들은 기본적으로 다양한 종류의 통역과 번역에 모두 적용되는 보편적 원칙이나 이론들을 의미한다.

그러나 실제로 번역학 내부에서 개진되고 있는 이론적 논의들은 주로 번역을 대상으로 하고 있거나, 혹은 통역과 번역을 모두 포괄하는지 여부를 명시적으로 밝히지 않는다. 해석 이론이나 스코포스 이론 역시 처음부터 통역과 번역을 모두 아우르는 일반 이론을 표방했던 것은 아니다. 잘 알려진 바와 같이 해석 이론은 통역 이론으로 출발하였으며, 스코포스 이론 역시 초기에는 번역 실무를 설명하는 것이 주 목적이었다. 그러나 이후 이론의 발전 과정에서 스코포스 이론과 해석 이론은 통역과 번역을 아우르는 통번역 이론, 혹은 일반 이론을 표방하게 된다. 과연 해석 이론은 어떤 과정을 거쳐 번역의 영역으로 확장되었으며, 스코포스 이론은 어떻게 통역까지 아우르게 되었을까?

1) 해석 이론: 통역 이론에서 통번역 이론으로

알려진 바와 같이 해석 이론은 순차통역의 과정을 관찰하는 데서 출발한 이론이다. 해석 이론의 창시자인 셀레스코비치는 이론화 초기 당시, 번역과 통역을 엄밀히 구분하고 해석 이론의 적용 범주에서 번역을 신중하게 제외시킨다.[26] 라플라스는 셀레스코비치의 이러한 태도를 다음과 같이 설명한다.

> … n'etant pas elle-meme traductrice, elle refusait de s'aventurer sur un terrain où elle ne bénéficierait pas de la même solide expérience qu'en interprétation et, laissant aux traducteurs le droit d'affirmer ce que bon leur semblait, elle a choisi de faire de l'interprétation une activité fondamentalement distincte de la traduction pour pouvoir fonder une théorie en parfaite concordance avec son expérience professionnelle.
>
> … 셀레스코비치는 그 자신이 번역사가 아니었기에 자신이 통역에서만큼 탄탄한 실무 경험을 가지고 있지 않은 번역의 영역에서 모험하는 것을 거부하면서 그 몫은 번역사들의 것으로 남겨 놓았다. 자신의 실무 경험과 완전히 일치하는 이론을 구축하기 위해 셀레스코비치는 통역을 번역과 근본적으로 다른 별

26) Israël & Lederer(eds.), 앞의 책, p.68.

개의 행위로 규정하였다.[27]

셀레스코비치의 이러한 신중한 입장은 1980년대까지 지속되며, 특히 문학 번역의 영역에 해석 이론을 적용시키는 것에는 상당히 조심스러워 했던 것으로 보인다.[28] 그러나 라플라스가 '신중함'으로 묘사한 이러한 입장은 해석 이론이 완성되어 가는 과정에서 그의 뒤를 이은 학자들에 의해 일종의 자신감으로 대체된다. 특히 해석 이론이 번역으로 확장, 적용되는데 결정적 계기를 마련한 것은 들릴에 이르러서인데 『번역 방법으로서의 담화 분석』[29]이라는 제목의 그의 학위 논문에서 들릴은 해석 이론이 번역에도 적용됨을 훌륭히 증명해 내었다. 뒤이어 파리 스쿨에서 배출한 해석 이론의 계승자들은 해석 이론을 번역의 영역에 확장, 적용하기를 주저하지 않는다.[30]

앞서 언급된 들릴의 연구가 해석 이론을 실용 텍스트(pragmatic text)의 번역에 적용한 것이라면, 해석 이론이 문학

---

27) 같은 책, p.25.

28) 같은 책, p.24.

29) 이 학위 논문의 원제는 *L'analyse du discours comme méthode de traduction. Théorie et Pratique*이며, 이는 같은 제목으로 출판되었다(Editions de l'Université d'Ottawa, 1980).

30) 듀리유는 해석 이론의 기본 틀을 번역 교육에 적용하여 구체적이고 효율적인 번역 교육의 방식을 단계적으로 제시하였다(Durieux, 박시현 · 이향 옮김, 『전문 번역 어떻게 가르칠 것인가?』, 2003).

번역의 영역에 적용된 것은 이즈라엘에 이르러서였다. 「문학 번역과 의미 이론」이라는 제목의 논문에서 이즈라엘은 문학 텍스트의 의미가 도출되는 과정은 실용 텍스트의 의미 도출 과정과 다르지 않으며, 단지 두 텍스트에서 '의미'가 가지는 성격이 다를 뿐이라고 설명한다.[31]

해석 이론이 통역과 실용 번역뿐 아니라 문학 번역의 영역까지 아우르는 '일반 이론'이라는 점은 르데레르에 이르러 문학 번역의 사례가 대거 인용되면서 다시 한 번 명확히 천명된다.[32]

한마디로 해석 이론가들의 입장에서는, 문학 번역이든, 실용 번역이든, 통역이든 번역이든, 모든 통번역 행위는 기본적으로 '동일한 과정'이라는 것이다. 이제 스코포스 이론가들의 입장을 살펴보자.

2) 일반 통번역 이론으로서의 스코포스 이론

라이스와 페어메어는 스코포스 이론과 행위 이론을 종합하여 '일반 통번역 이론'으로 체계화하기에 이른다.[33] 그 명칭이

---

31) Israël, "Traduction littéraire et Théorie du sens", in Lederer(ed.), *Etudes traductologiques*, 1990. 해석 이론의 문학 번역에의 적용과 관련한 내용은 제4장을 참조한다.

32) Lederer, 앞의 책, p.i.

33) 엄밀히 말해 이 글에서 시종일관 '스코포스 이론'이라 부르는 것은 스코포스 이론과 행위 이론을 포괄하는 상위 개념인 일반 통번역 이

암시하듯, 일반 통번역 이론은 “포괄적이고 일반적인 통번역 이론의 기초를 놓는 것”을 목표로 삼았으며 그 내용은 1984년 라이스와 페어메어가 공동으로 집필, 발표한 『일반 통번역 이론 기초』에 잘 설명되어 있다. 이 책 서두에서 라이스와 페어메어는 ‘통역(Dolmetschen)’과 ‘번역(Übersetzen)’을 모두 포괄하는 상위 개념인 ‘통번역(Translat)’을 제안하며, 순차통역, 동시통역, 번역의 문제점을 ‘통일성’과 ‘공통성’의 관점에서 살펴보겠다고 설명한다.[34] 시종일관 사용되는 ‘translation’이라는 용어는 따라서 통역과 번역을 모두 포함하는 ‘통번역’을 의미한다.

그러나 실제로 『일반 통번역 이론 기초』에서는 간헐적으로 통역 상황을 예로 들기는 하지만, 통역 행위의 구체성을 감안한 논리적 전개가 충분히 이루어진 것으로 보기는 어려운 면이 있다. 페어메어가 시종일관 통번역을 모두 포괄하고자 했던 노력에도 불구하고, 실제로 최초 이론을 제시한 페어메어나, 그 이후 텍스트 유형론을 제시한 라이스가 주로 번역을 염두에 두고 이론적 성찰을 진행시킨 것은 명백해 보인다. 이후 노드는 “스코포스 이론에서는 통역 과정의 어떤 구체적인 측

론의 하위 범주이다. 국내에는 스코포스 이론이 더 잘 알려져 있고, 또한 국내에 번역된 『일반 통번역 이론 기초』에도 ‘스코포스 이론’이라는 부제가 달려 있으므로, 이 글에서는 스코포스 이론이라는 명칭을 사용하기로 한다.

34) Reiß & Vermeer, 앞의 책, p.5.

면도 다루어진 바가 없으며 통역의 특정 형태(순차통역, 동시통역 등)에 대해서도 마찬가지"라고 고백한다.[35] 그러나 노드 자신도 그 한계를 극복한 것으로 보기는 어렵다. 그녀가 집필한 『번역 행위의 목적성』에서는 별도의 장(제6장)이 통역에 할애되어 있기는 하나, 전반적으로는 번역하기와 행위 이론, 번역 교육, 문학 번역 등이 여전히 중점적으로 다루어져 있다.

오히려 『번역 행위의 목적성』에서 이르러 주목할 만한 것은 다른 방향으로의 '확장'이다. 초기 실용 번역에 주로 적용되던 스코포스 이론이 본격적으로 문학에 확장 적용되기 시작했다는 점이다. 노드는 기능주의 이론이 문학 번역에도 적용 가능함을 다음과 같이 설명한다.

> 언제나 논쟁을 불러일으키는 한 가지 의문이 남아 있다. 문학 텍스트와 관련하여, '소통 의도(communicative intentions)'를 논할 수 있느냐는 것이다. 일부 문학자들은 소통 목적의 부재가 바로 문학의 한 가지 두드러진 특성이라고 주장한다. 그러나 문학 번역에 관한 한 이러한 유보적 견해는 무시될 수 있다. 설령 원천 텍스트가 특별한 어떤 목적이나 의도로 쓰이지 않았다 하더라도 번역은 항상 (아무리 불확정적이라 하더라도) 어떤 오디언스를 대상으로 하고 있고, 따라서 독자에 대해서 어떤 기능을 하도록 의도된 것이다.[36]

---

35) Nord, 앞의 책, p.179.

36) 같은 책, p.142.

한마디로 문학 번역 역시 특정한 독자를 대상으로 특정한 목적으로 이루어진다는 점에서 스코포스 이론으로 설명 가능하다는 것이다. 물론 위의 주장이 문학 번역의 고유성을 주장하며 실용 번역과는 다른 접근을 요하는 타 학자들에 의해 수용되었다고 보기는 어려우나, 문학 번역은 문학과는 달리 기타 통번역 행위와 마찬가지로 스코포스의 함수라는 설명은, 일반 이론을 지향하는 스코포스 이론의 야심을 다시 한 번 드러낸다.

하지만 기능주의 이론을 동시통역에 본격적으로 적용함으로써 스코포스 이론이 일반 이론을 지향하고 있음이 다시 한 번 확인된 것은 푀헤커에 이르러서이다. 푀헤커는 스코포스 이론이 주로 번역이나 순차통역에 적용되었으며 회의 통역(동시통역)에의 적용 가능성만 언급되었을 뿐, 구체적으로 스코포스의 개념을 어떻게 동시통역에 활용할 것인지에 대해 충분한 고찰이 없었음을 지적하면서, 통역과 번역에 "공통적으로 적용되는 이론 틀(common theoretical framework) 안에서 동시통역을 설명하고자" 한다.[37] 뒤이어 "더 이상 원문과의 등가를 통번역의 기준으로 삼지 않고, 도착어 텍스트가 주어진 상황이나 사회문화적 맥락 속에서 얼마나 의도된 기능을 잘 수행해 내는가"를 통번역에 대한 판단의 주요 기준으로 제시

---

37) Pöchhacker, "The Role of Theory in Simultaneous Interpreting", in Dollerup & Loddegaard, *Teaching Translation and Interpreting: Training Talent and Experience*, 1992, p.213.

한 것이 스코포스 이론의 의의라고 설명한다. 푀헤커는 또한 일반 통번역 이론에 의거, 동시통역을 "원문 텍스트의 생산이나 제시와 동시에 도착어 텍스트를 생산하는 행위"로 정의하고, 회의 상황을 하나의 의도와 주제를 가진 하이퍼텍스트로 정의한다.38) 이렇듯 스코포스 이론은 실용 번역에서 출발하여 문학 번역, 통역으로 점진적으로 확장되어 나간다.

그러나 일반 이론을 지향한다고 해서 스코포스 이론가들이 개별 이론의 가능성을 원천적으로 봉쇄한 것은 아니다. 『일반 통번역 이론 기초』에서 라이스와 페어메어는 "통번역 이론에는 문화 쌍 및 언어 쌍으로부터 독립적인 일반 이론과 문화 쌍 및 언어 쌍과 관계가 있는 개별 이론이 있음"을 인정하며 여기에서는 오직 '일반 이론'만 다룰 것이라고 설명한다.39) 이는 일반 통번역론이 개별 이론이 아닌 일반 이론을 지향한다는 설명일 뿐, 개별 이론의 유용성을 부정하는 것으로 보기는 어렵다. 실제로 이 책은 일반 이론(기반 이론)을 다루는 제1부와, 세부 이론, 즉 개별 이론을 다루는 제2부로 나누어져 있다.40) 이는 스코포스 이론과 해석 이론을 가르는 중요한 분기점이다.

---

38) 같은 글, p.215.

39) Reiß & Vermeer, 앞의 책, p.2.

40) 노드는 제1부(Vermeer의 기본 이론)와 제2부(Reiß의 개별 이론들)가 실제로 동질성 있는 전체를 이루고 있는 것은 아니라고 지적한다 (Nord, 앞의 책, p.20).

통역이나 번역의 과정이 기본적으로 '동일한' 것이라고 천명하는 해석 이론가들의 입장은 어찌 보면 스코포스 이론가들에 비해 훨씬 단호해 보인다. 텍스트 유형별, 언어별 특수성을 부정하지 않되, 그러한 특수성이 아닌 보편적 측면들에 집중하고자 하는 스코포스 이론가들과는 달리, 해석 이론가들은 통역과 번역을 포괄적으로 설명할 수 있는 종합적인 이론이 가능한가 여부에 대해 의문을 제기하지 않음은 물론, 일반 이론이 아닌 개별 이론의 가능성, 혹은 그 유용성에 대해서도 함구한다. 이런 측면에서 해석 이론과 스코포스 이론이 공히 통역과 번역을 모두 설명하는 일반 이론을 지향하고 있음에도 불구하고 해석 이론이 스코포스 이론보다 훨씬 '보편주의적' 입장을 띠고 있는 것으로 설명할 수 있겠다.

4. 끝말

이상에서 우리는 이론과 실무 간의 관계 및 일반 이론의 지향이라는 두 개의 키워드를 중심으로 해석 이론과 스코포스 이론 간의 공통점이 무엇이며, 또 이들이 어느 지점에서 분기하는지를 개략적으로 살펴보았다. 우리의 목적은 두 이론 중 어떤 이론이 더 옳은지를 판정하는 데 있지 않다. 그보다는 오히려 피상적으로 두 이론의 공통점이나 차이점을 논하는 단계에서 벗어나, 실무자들을 위한 이론, 통번역을 모두 포괄하는 일반 이론을 표방하는 두 이론의 기저에 존재하는 공통적 신념들, 그리고 두 이론을 가르는 분기점이 무엇인지를 다시 한 번 성찰해 보고자 한 것이다.

통번역 실무를 최대한 이론에 반영하고자 했다는 점에서 해석 이론과 스코포스 이론에는 분명 공통점이 있다. 기존의 사변적, 추상적 담론들과 결별하고 구체적 실무 상황에서 통번역이 어떻게 수행되는지를 관찰하고 설명하는 것을 이론의 출발점으로 삼았던 해석 이론과 스코포스 이론은, 서두에서도 설명한 것처럼, 실무 경험을 토대로 한 연구자들의 목소리를 통번역 이론의 담론으로 끌어오는 데 크게 기여하였다.

그러나 해석 이론의 경우, 이런 실무중심주의가 자칫 통번역 이론 담론의 영역을 '실무자들'로만 한정시키는 결과를 낳지 않도록 주의할 일이다. 실제 통역과 번역 행위가 언어학자들의 사변적 기술과는 다른 방식으로 진행되고 있음을 현장 경험을 통해 체득한 이론가들의 목소리는 분명 설득력이 있다. 그러나 이러한 입장이 그 나름의 가치를 지니고 있는 사변적, 철학적, 개념적 성찰들을 검증 없이 간과하거나 폐기시켜 버리는 결과로 이어지지 말아야 할 것이다. 번역학은 무에서 창출된 것이 아니라 그 발전 과정에서 많은 부분 인접 학문의 도움을 받았다. 해석 이론 역시 부분적으로는 언어학이나 인지과학의 개념들을 훌륭히 차용하였음을 고백하고 있다. 통번역 실무자들이 모두 이론적 성찰에 관심이 있는 것도 아니며, 그들만이 정답을 쥐고 있는 것은 아닐 것이다. 또한 통번역에 대한 이론 연구가 실무에서의 문제 제기를 해결하는 것만을 궁극적 목적으로 삼아야 하는지에 대해서는 다시 한 번 생각해 볼 일이다. 실무자들이, 혹은 실무자들의 경험만으로 답할 수 없는 수많은 물음들이 존재하며, 아직 신생학문인 번역학은 불가피하게 타 학문으로부터 그 방법론적, 개념적 툴들을 차용해 올 수밖에 없는 상황이다.

스코포스 이론의 경우, 실무 행위로서의 통번역을 부각시켰다는 점, 과거 통번역 행위에서 '왕'처럼 여겨졌던 원문이나 원저자를 폐위시켰다는 점에서는 큰 공헌을 한 것이 사실이지만, 어쩌면 우리는 '스코포스'라는 새로운 주인을 그 자리에 앉히게 된 것은 아닌지 자문해 볼 일이다. 스코포스가 결국 클라이언트로부터, 혹은 상황 속에서 주어지는 것이라면, 번역사는 원문 대신 스코포스에 종속되고 마는 것이 아닌가? 번역사의 자율성이나 재량권, 번역 윤리의 문제는 스코포스 안에서 어떤 자리를 차지하게 되는지 생각해 볼 일이다.[41]

이제 일반 이론의 지향에 관하여 생각해 보자.

일반 이론을 지향하되, 개별 이론을 배제하지는 않는 스코포스 이론과는 달리, 해석 이론은 통번역 행위는 언어 쌍이나 분야에 상관없이 보편적인 원칙들에 의해 수행된다는 사실에 무게중심을 둔다. 이론적 지향이 이러할진대, 당연히 해석 이론은 특정 언어, 특정 문화, 특정 유형의 통역 혹은 번역이 가

41) 노드는 이 문제를 책임성(loyalty) 개념을 통해 해결하고자 하였다. (참고. 같은 책, pp.212-221).

지는 특수성에 천착하기보다는 통번역의 기저에 보편적으로 존재하는 특징이나 현상에 관심을 가지게 된다.[42] 그런데 이러한 보편주의적 입장에 대한 우려의 목소리에도 귀를 기울여야 할 것이다. 비록 소수이기는 하나, 기본적으로 통번역을 한데 묶어 설명하는 것을 거부할 뿐 아니라 심지어는 번역 안에서도 텍스트의 성격이나 기능, 언어 쌍 등 다양한 변수를 감안한 개별적인 이론이 필요하다고 주장하는 학자들도 있다.

이상에서 살펴본 것처럼, 해석 이론과 스코포스 이론이 공유하는 두 가지 특징, 즉 실무중심주의와 일반 이론의 지향은 겉으로 드러나는 것보다 훨씬 더 심오한 신념들을 그 전제로 두고 있다. 두 이론이 이러한 고유의 신념들을 어떤 방향으로 발전시켜 나갈지 지켜볼 일이다.

---

42) 프랑스의 번역철학자 라드미랄은 원칙적으로 해석 이론을 지지하면서도 이러한 보편주의적 입장에 대해서는 반대한다(Ladmiral, *Traduire: théorèmes pour la traduction*, 1994, pp.124-125).

참고문헌

박두운, 「번역의 해석 이론」, 『불어불문학』 5, 1989, pp.33-48.

이은숙, 「해석 이론과 등가에 관한 연구」, 『번역학 연구』 8(1), 2007, pp.245-261.

이향, 「번역학과 메타담론」, 『번역학 연구』 12(1), 2011, pp.191-210.

____, 「해석 이론의 특징과 한계」, 『번역학 연구』 10(1), 2009, pp.121-140.

____, 「Snell-Hornby를 중심으로 살펴본 번역학에서의 학제성 개념 고찰」, 『한국국제회의통역학회』 9(1), 2007, pp.55-72.

정혜연, 『통역학개론』, 서울: 한국문화사, 2008.

정호정, 『제대로 된 통역번역의 이해』, 서울: 한국문화사, 2007.

Durieux, C., 박시현 · 이향 옮김, 『전문 번역 어떻게 가르칠 것인가?』, 서울: 고려대학교 출판부, 2003.

Israël, F.(ed.), 이향 · 편혜원 · 김도훈 옮김, 『통번역과 등가』, 서울: 한국문화사, 2004.

Lederer, M., 전성기 옮김, 『번역의 오늘: 해석 이론』, 서울: 고려대학교 출판부, 2001.

Munday, J., 정연일 · 남원준 옮김, 『번역학 입문: 이론과 적용』, 서울: 한국외국어대학교 출판부, 2006.

Nord, C., 정연일 · 주진국 옮김, 『번역 행위의 목적성』, 서울: 한국외국어대학교 출판부, 2006.

Reiß, K. & Vermeer, H. J., 안인경 · 정혜연 · 이정현 옮김, 『일반 통번역 이론 기초』, 서울: 한국외국어대학교 출판부, 2010.

Seleskovitch, D., 정호정 옮김, 『국제회의 통역에의 초대』, 서울: 한국문화사, 2002.

Williams, J. & Chesterman, A., 정연일 옮김, 『번역학 연구의 길잡이』, 서울: (주)이지북스, 2006.

Snell-Hornby, M., 허지운 · 신혜인 · 허정 · 신오영 옮김, 『번역학 발전사』, 서울: 이화여자대학교 출판부, 2010.

Baker, M.(ed.), *Routledge Encyclopedia of Translation Studies*, Amsterdam: Routledge, 1998.

____, "Linguistic and Cultural Studies: Complementary or Competing Paradigms in Translation Studies?", in A. Lauer, H. Gerzymisch-Arbogast, J. Haller & E. Steiner(eds.), *Übersetzungswissenschaft im Umbruch:Festschrift fur Wolfram Wilss zum 70. Geburstag*, Tübingen: Gunter narr, 1996, pp.9-19.

Ballard, M., *Qu'est-ce que la traductologie?*, Paris: Artois Presses

Université, 2006.

Benjamin, W., “La tâche du traducteur”, in W. Benjamin, *Oeuvres I. Mythe et violence*, trans. Maurice de Gandillac, Paris: Les Lettres Nouvelles, 1971(1921).

Berman, A., *L'épreuve de l'étranger: Culture et traduction dans l'Allemagne romantique*, Paris: Gallimard, 1984.

____, “La traduction et ses discours”, *Meta* 34(4), 1989, pp.672-679.

Chesterman, A., “Causes, Translation, Effects”, *Target* 10(2), 1998, pp.201-230.

____, “Empirical research methods in Translation Studies”, *Erikoiskielet jakäännösteoria* (VAKKI-symposiumi XX) 27, 2001, pp.9-22.

Chesterman, A. & Arrojo, R., “Shared ground in translation studies”, *Target* 12(1), 2000, pp.151-160.

Delisle, J., *L'analyse du discours comme méthode de traduction: Initiation à la traduction française de textes pragmatiques anglais*, Ottawa: Les Presses de l'Université d'Ottawa, 1980.

Duarte, F. J., Rosa, A. A., & Seruya, T.(eds.), *Translation Studies at the Interface of Disciplines*, Amsterdam/Philadelphia: John Benjamins, 2006.

Gile, D., “Being Constructive about Shared Ground”, *Target* 13(1), 2001, pp.149-153.

Hempel, C. G., *Fundamentals of Concept Formation in Empirical Science*, Chicago: University of Chicago Press, 1967.

Henry, J., "L'applicabilité de la théorie interprétative de la traduction à la traduction littéraire", in F. Israël & M. Lederer (eds.), *La théorie interprétative de la traduction: III De la formation à la pratique professionnelle*, Paris & Caen: Lettres Modernes Minard, 2005, pp.159-172.

Holmes, J. S., *Translated!: Papers on Literary Translation and Translation Studies*, Amsterdam: Rodopi, 1988.

Israël, F., "Traduction littéraire et théorie du sens", in M. Lederer(ed.), *Etudes traductologiques*, Paris & Caen: Lettres Modernes Minard, 1990, pp.29-43.

Israël, F. & Lederer, M.(eds.), *La théorie interprétative de la traduction I: Genèse et Développement*, Paris & Caen: Lettres Modernes Minard, 2005.

Kopp, R. K., "Hans J. Vermeer(24 September 1930-4 February 2010): A thinker and his work", *Translation Studies* 3:3, 2010, pp.375-377.

Ladmiral, J. -R., *Traduire: théorèmes pour la traduction*, Paris: Gallimard. 1994(1979).

____, "Epistémologie de la traduction", in S. Mejri(ed.), *Traduire la langue traduire la culture*, Tunis: Sud Éditions, 2003, pp.147-168.

Lederer, M., *La traduction aujourd'hui*, Hachette, 1994,

____, "La place de la théorie dans l'enseignement de la traduction et de l'interprétation", in Israel, F.(ed.), *Quelle formation pour le traducteur de l'an 2000?: Actes du Colloque*

International tenu à l'ESIT les 6, 7, 8 juin 1996, Didier Erudition, 1998, pp.17-37.
____, "The Interpretive Theory of Translation: A Brief Survey", 『국제회의 통역과 번역』 창간호, 1999, pp.15-28.
____, "La théorie interprétative de la traduction; origine et evolution", in M. Ballard(ed.), *Qu'est-ce que la traductologie?*, Artois Presses Université, 2006.
Nida, E. A., *Towards a Science of Translating: With Special Reference to Principles and Procedures Involved in Bible Translating*, Leiden: E. J. Brill, 1964.
Pöchhacker, F., "The Role of Theory in Simultaneous Interpreting", in C. Dollerup & A. Loddegaard, *Teaching Translation and Interpreting: Training Talent and Experience*, Amsterdam/ Philadelphia: John Benjamins, 1992, pp.211-220.
Pym, A., *Pour une éthique du traducteur*, Arras: Presses de l'Université d'Ottawa & Artois Presses Université. 1997,
Reiss, K., *Translation Criticism — The Potentials & Limitations: Categories and Criteria for Translation Quality Assessment*, trans. E. Rhodes, New York: American Bible Society, 2000 (1971).
Schleiermacher, F., *Des différentes méthodes du traduire et autre texte*, trans. A. Berman, Paris: Editions du Seuil, 1999(1813).
Seleskovitch, D. & Lederer, M., *Interpréter pour traduire*. Paris: Didier Erudition, 1993.
Shuttleworth, M. & Cowie, M., *Dictionary of Translation*

Studies, Manchester: St. Jerome Publishing, 1997.

Snell-Hornby, M., *Translation Studies: An Integrated Approach*, Amsterdam/Philadelphia: John Benjamins, 1995(1987).

____, *The Turns of Translation Studies*, Amsterdam/Philadelphia: John Benjamins, 2006.

Snell-Hornby, M., Pöchhacker, F. & Kaindl, K., *Translation Studies: An Interdiscipline*, Amsterdam/Philadelphia: John Benjamins, 1992.

Steiner, G., *After Babel*, Oxford/New York: Oxford University Press, 1998(1975, 1988).

Toury, G., *Descriptive Translation Studies and Beyond*, Amsterdam/Philadelphia: John Benjamins, 1995.

Venuti, L., *The Scandals of Translation*, Routeldge, 1998.

Vinay, J. P. & Darbelnet, J., *Stylistique comparée du français et de l'anglais*, Montreal/Paris: Beauchemin/Didier, 1958.

찾아보기

이 향

한국외국어대학교 통번역대학원 통번역학 박사 학위를 받은 뒤, 한국외국어대학교 통번역대학원 한불과 및 동 대학 프랑스어과에서 번역, 순차통역, 동시통역 등을 가르쳤다. 고려대학교 BK21 번역비평가 양성사업팀 연구교수(2009-2010)를 거쳐 현재는 국제회의 통역사로 실무 활동과 연구 활동을 병행 중이다. 저서로는 『번역이란 무엇인가』(살림, 2008)가 있으며, 역서로는 『번역론: 번역에 관한 철학적 성찰』(윤성우 공역, 철학과현실사, 2006), 『낯선 것으로부터 오는 시련』(윤성우 공역, 철학과현실사, 2009), 『번역과 문자: 먼 것의 거처』(윤성우 공역, 철학과현실사, 2011) 등이 있다.

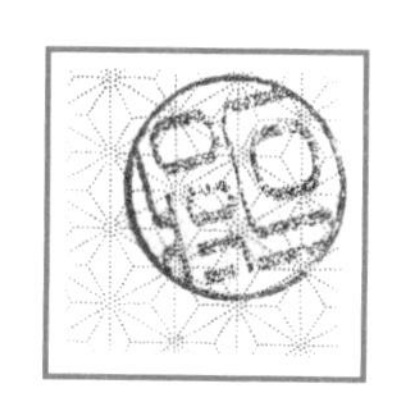

번역에서 번역학으로

1판 1쇄 인쇄 2012년 2월 10일
1판 1쇄 발행 2012년 2월 15일

지은이 이 향
발행인 전춘호
발행처 철학과현실사

등록번호 제1-583호
등록일자 1987년 12월 15일

서울특별시 종로구 동숭동 1-45
전화번호 579-5908
팩시밀리 572-2830

ISBN 978-89-7775-749-3 93800
값 10,000원

잘못된 책은 바꿔 드립니다.